逐梦美好生活 争做时代新人（上）

ZHUMENG MEIHAO SHENGHUO
ZHENGZUO SHIDAI XINREN
（SHANG）

四川大学马克思主义学院马克思主义中国化教研室 编

编委会成员（按姓氏拼音排序）：

陈加飞　陈乐香　陈　伟　陈文泽　邓宗豪
郭　佳　何洪兵　纪志耿　李　红　李建华
李燕红　刘　渊　罗　静　吕志辉　王洪树
王元聪　吴　炎　肖孟夏　熊晚玫　杨柳静
羊绍武　杨少垒　张仁枫　张晓磊　张学昌
郑　晔　邹小蓉

四川大学出版社

项目策划：毕　潜
责任编辑：毕　潜
责任校对：周　颖
封面设计：墨创文化
责任印制：王　炜

图书在版编目（CIP）数据

逐梦美好生活　争做时代新人．上／四川大学马克思主义学院马克思主义中国化教研室编．— 成都：四川大学出版社，2019.7
　　ISBN 978-7-5690-2215-5

Ⅰ．①逐… Ⅱ．①四… Ⅲ．①中国文学－当代文学－作品综合集　Ⅳ．① I217.1

中国版本图书馆 CIP 数据核字（2019）第 135488 号

书　　名	逐梦美好生活　争做时代新人（上）
编　　者	四川大学马克思主义学院马克思主义中国化教研室
出　　版	四川大学出版社
地　　址	成都市一环路南一段 24 号（610065）
发　　行	四川大学出版社
书　　号	ISBN 978-7-5690-2215-5
印前制作	四川胜翔数码印务设计有限公司
印　　刷	成都金龙印务有限责任公司
成品尺寸	185mm×260mm
印　　张	10.5
字　　数	265 千字
版　　次	2019 年 9 月第 1 版
印　　次	2019 年 9 月第 1 次印刷
定　　价	40.00 元

版权所有　◆　侵权必究

◆ 读者邮购本书，请与本社发行科联系。
　电话：(028)85408408/(028)85401670/
　(028)86408023　邮政编码：610065
◆ 本社图书如有印装质量问题，请寄回出版社调换。
◆ 网址：http://press.scu.edu.cn

四川大学出版社
微信公众号

序

中国特色社会主义进入新时代，追求更加美好的生活，是新时代我国人民的共同愿望，也是实现中国梦最根本的体现。2018年是改革开放40周年，改革开放让中国实现了从站起来、富起来到强起来的转变，从农村到城市，从学校到社会，美好生活正在一步步实现。2018年也是马克思200周年诞辰，《共产党宣言》发表170周年。"每个人的自由发展"已在中国特色社会主义建设进程中逐步呈现，也在四川大学的教学改革中得到体现。"办最好的本科"，让学生的潜能得到更加充分、更加自由的发展，是四川大学逐梦美好生活的社会担当，也是四川大学人才培养的努力方向。

坚持立德树人，着力培养担当民族复兴大任的时代新人，是党的十九大提出的重大战略部署，也是学校2018年工作的要点和着力点。培养担当民族复兴大任的时代新人，需要将以社会主义核心价值观为引领的先进文化，转化为大学生的行为习惯；需要将以江姐精神为代表的革命文化，转化为大学生的情感认同；需要将中国气派川大特色的优秀传统文化，转化为大学生的人文底蕴；需要将学校"两个伟大"建设中的学科优势和精神动力，转化为大学生担当民族复兴大任的磅礴力量。

美好生活是奋斗出来的。不驰于空想，不骛于虚声，一步一个脚印，才能实现梦想。逐梦美好生活，需要我们有梦想，能奋斗；争做时代新人，需要我们有担当，能奉献。

本次征文活动是在"毛泽东思想和中国特色社会主义理论体系概论"全体任课老师的指导下，在41位助教的参与下共同完成的。参与指导的老师为本书编委会的成员，参与指导的助教有杨霞、高春凤、都淑婷、李玲、梁苗苗、龙秋吉、左露、陈鹏、雍滨瑜、向蒙、黄杨芮、彭新、李飞宇、胡群钗、李兰珍、芈慧敏、唐松璐、王娟丽、刘玲、赵敏、沈梦娜、姜力月、李琼珂、祝林林、李华、史海燕、袁萍、刘溪、杨立丽、范娟、牛赛赛、庄丽娟、尤思锦、雒田梦、杜宛玥、苟娇、曾燕、刘汝如、秦梦佳、陈芳、王欢。在本书的出版过程中，唐松璐、李琼珂等参与了文稿的汇总与部分编辑工作，在此一并表示感谢！

四川大学马克思主义学院

羊绍武

2019年5月

目　录

诗　歌

梦　航 …………………………………………………………… 李楚鸿（3）
应考新时代 ……………………………………… 刘春宝　李师莹（5）
逐梦美好生活　争做时代新人 ………………………… 齐尉棠（6）
翻天覆地 40 年 …………………………………………… 苟　格（8）
青年志 …………………………………………… 罗　琼　孙子涵（11）
赞赞新时代 ……………………………………… 王　蕾　罗建琴（13）
逐梦云端，中国新颜 …………………………………… 金美琪（16）
星子回忆录 ……………………………………………… 赵一凡（18）
2048 年的春天 ………………………………………… 李嘉琪（21）
让青春和梦想飞扬 ……………………………………… 韩讴竹（23）
像你一样追逐
　　——给党的献诗 …………………………… 刘鳗蝶　刘　欣（25）
新时代　新青年　新希望 ……………………………… 张晓真（27）
逐梦新时代组诗 ………………………………… 雏乙橙　刘方欣（28）
壮哉中华 ………………………………………………… 仲家琳（29）
国许给我的梦 …………………………………………… 姚嫔娉（31）
我国筑梦·我川逐梦·我为新人 ……………… 孟俊辰　金先琦（33）
逐梦美好生活　争做时代新人 ………………… 张佳楠　于潇文（35）
逐梦美好生活　争做时代新人 ………………………… 王玉洁（38）
我愿追随那束光芒 ……………………………………… 张蔚琪（40）
我的川大梦 ……………………………………… 张明德　严梓菡（42）
勇担青年使命 …………………………………… 何　莎　王　谦（44）
新　尘 …………………………………………………… 程兰欣（46）
川大人，新时代人 ……………………………………… 王　萌（49）
无　题 …………………………………………………… 蒋　涵（50）
不驰于空想，不骛于虚声 ……………………………… 袁明月（51）
新程再起，逐梦时代 …………………………… 姚禹帆　朱　莉（53）

梦里花开
　　——逐梦美好生活　争做时代新人 ………………………………… 单嘉余（55）
以梦为马，不负韶华 ……………………………………………………… 刘　颖（57）
逐梦奋斗新征程，镌写时代新华章
　　——写在改革开放40周年之际 ……………………………………… 赖逸平（59）
朝　阳 ……………………………………… 张子寅　张　华　刘烨霖静（63）
江山如画是今朝 …………………………………… 郊皓月　韩雨佳（65）
路 ………………………………………………………… 吴万敏　任梓豪（66）
那人，那事
　　——平凡不平庸 ……………………………………………………… 刘定南（68）
建党强国新时代　逐梦无愧报青春 …………………………………… 李　洋（70）
梦之火炬 …………………………………………………………………… 王敬国（71）
明　日 ……………………………………………………………………… 李忠玮（73）
丁酉年游渝东所感 ………………………………………………………… 徐　豪（75）
孔雀向前飞 ………………………………………………… 刘岩岩　舒鉴波（76）
新时代赋
　　——中国・四川・川大 …………………………… 张　铭　索源悦　郭义琦（78）
满江红 ……………………………………………………… 黄朝熠　陈远航（79）
年轻时 ……………………………………………………… 徐通达　寿奕菲（80）
逐梦美好生活　争做时代新人 …………………………… 张子涵　唐正伟（82）

散　文

忆往昔・望今朝 …………………………………………………………… 陈　颢（85）
年　轮 ……………………………………………………………………… 王羽洁（86）
铜牛首的自述 ……………………………………………… 罗宇峻　余佳奕（93）
文化润心 …………………………………………………………………… 胡云鑫（95）
提醒青春 …………………………………………………………………… 龙静原（97）
寻根・铸魂・圆梦
　　——从千年民族精神看青年责任 …………………………………… 高念珍（100）
走出迷雾的人 ……………………………………………………………… 廖诗艺（103）
像风滚草一样——飘 ……………………………………………………… 李嘉华（105）
感受改革变迁，逐梦美好生活 …………………………………………… 刘诗玥（106）
致未来 ……………………………………………………… 宋婧雯　廖文茹（110）
人间四月天 ………………………………………………………………… 陈　果（112）
心向梦想，一苇以航
　　——逐梦美好生活　争做时代新人 ………………………………… 刘星意（114）

以史为鉴，不畏将来	卢雨菲 胡天翊	(116)
望进我的眼里	游晚芳 曾星月	(118)
逐梦美好生活　争做时代新人	由俊鹏	(119)
逐梦美好生活　争做时代新人		
——敢为天下先，逐梦新时代	彭慧宇	(121)
愿你走过百年，海纳百川	郭沣颐	(123)
前进吧！到春暖花开的时候	钟晓雯	(125)
我们的青春	郝　欣	(127)
寻　意	曹　茂	(129)
那个，让我敞开心扉的地方	李静雅	(131)
过　河	胡怡婷	(133)
我陪伴你走过的20年	杨晨煜	(135)
逐美好生活，做时代新人	李雨萱	(137)
不为良相　便为良医		
——新时代医学生的自我修养	段景灏	(139)
为解放而奋斗　于烈火中永生		
——忆逝去的红岩战士们	郑　秋	(141)
坚硬的稀粥	杨思娴	(143)
加、减与当代青年的远方	何　皓	(145)
城市的颜色	李春圆	(147)
逐梦在川大	宋　怡	(149)
泽以木香，倾城而来	周倩如	(151)
巷头的小面馆	欧飞洋	(153)
将毛泽东诗词汇进时代旋律　把青春融入祖国山河	刘舒宁 王　雪	(155)
关爱耄耋老人　逐梦美好时代	高志明 刘昊松	(157)

诗歌

梦 航

四川大学建筑与环境学院　李楚鸿

你从上海兴业路走来，
怀揣着红色的憧憬，
轻轻叩响大门上的铜环，
惊雷划空，打破了小院的宁静，
那是梦想启航的地方。

你从嘉兴南湖走来，
满怀着坚定的信念，
烟雨楼旁红舫浮浪逐波，
涟漪潋滟，晕红了东方的天空，
那是播种火种的地方。

你从井冈山圣地走来，
怀抱着兴国的梦想，
从星星之火到足以燎原，
火光烈焰，映红了稚嫩的脸庞，
那是黎明破晓的地方。

你从望江湖畔走来，
坚守着红梅的坚贞，
隐姓埋名不惧千里冰霜，
冲破阴云，唤醒了百花的齐放，
那是革命飞腾的地方。

你从改革开放中走来，
屏弃了保守的思想，
勇于自我革新拥抱世界，
春风化雨，促使了睡狮的觉醒，
那是活力焕发的地方。

你从岷峨苍苍中走来，
"川"越了三世纪的风云，
学府巍巍贤才俊彦齐聚于此，
涵乾纳坤，谱写了壮阔的篇章，
那是百川归海的地方。

你从砥砺奋进中走来，
迈着矢志不渝的步伐，
一千八百多个朝夕的逐梦，
硕果累累，揭开了新时代的篇章，
那是继往开来的地方。

你在新的期待中出发，
重温着掷地有声的誓词，
扬帆起航逐梦美好生活，
轻拨琴弦，弹奏出辉煌的主旋律，
这是梦想放飞的地方。

你向着新时代迈步走去，
拥抱着最初的本心，
牢记使命争做时代的新人，
接力奋进，见证中华民族"中国梦"的实现，
那是乘风破浪的未来。

你是谁？
你是97年前宣誓要为中华复兴奋斗终生的中共一大代表。
你是97年来为中华复兴前仆后继，抛头颅洒热血红岩般坚韧的生命。
你是在约两个甲子的时光中，汇聚人文炳蔚，
为青年一代担当民族复兴大任提供磅礴助力的巍巍学府。
你是砥砺奋进的五年中，脚踏实地，踏浪前行，
一步一个脚印地创造一个又一个历史伟业的中国力量。
你是十九大后重游精神家园，抚今追昔，不忘初心，
让"红船精神"重焕光芒的精神引导者。
你是中华民族每个时代中，
都坚持"逐梦美好生活，争做时代新人"的青年。
无论过去、现在抑或未来，正是有了你的接力奋斗，
中华民族伟大复兴的中国梦终将实现！

应考新时代

四川大学公共管理学院　刘春宝　李师莹

我们的党在思考：
新时代的事业如何领导，
新时代的问卷如何答好，
新时代的奇迹如何创造，
复兴路上寻找答案，
不忘的"初心"就是法宝。

我们的国家在思考：
新时代的民生如何达标，
新时代的经济如何领跑，
新时代的环境如何清皎，
坚持根本就是答案，
人民至上才能做人民"依靠"。

我们的人民在思考：
新时代小康路如何走好，
新时代的基础如何打牢，
新时代的重担如何起挑，
实际行动就是答案，
真抓实干才能沉着"应考"。

我们也应该思考：
新时代大学生如何做时代天骄，
新时代的大学生如何分外妖娆，
新时代的大学生如何自强图报，
我们不急于追求答案，
有梦有担当才能不负今朝。

逐梦美好生活　争做时代新人

四川大学华西临床医学院　齐尉棠

阳春三月聚东方，
社会主义再起航。
盛世美愿宏图绘，
中国声音震万邦。

改革翻开新篇章，
开放迎来新方向。
发展开创新时代，
美好生活齐共享。

精准扶贫奔小康，
乡村振兴有力量。
发展成果惠大众，
民生改善新状况。

区域协调共发展，
供给改革在路上。
产业升级显活力，
中国制造传四方。

教育事业重质量，
医疗健康看增长。
绿水青山久长在，
优美生态新模样。

多党合作广协商，
人民民主有保障。
司法改革彰正义，
法制建设露锋芒。

反腐肃纪新气象，
风清气正作风良。
强军思想意义大，
招之即来打胜仗。

兼收并蓄谋开放，
中国经验世人享。
构建命运共同体，
中国智慧放光芒。

铿锵激昂越重洋，
复兴之路阻且长。
风雨兼程心未改，
牢记使命莫敢忘。

华夏儿女共梦想，
浩浩汤汤向远方。
大道之行谱华章，
道路自信定辉煌！

翻天覆地 40 年

四川大学水利水电学院　苟　格

故　乡

我是四十年前的一只鸟，
早上筑的巢，
下午就被搬去了农田，
我那未成形的家，
化作烟囱里的一缕青烟。

我是四十年前的一条鱼，
静静地听着无尽的砧衣声，
看着沧桑的挑水木桶，
一不小心我看见了扁担，
不久后我便辞世长眠。

我是四十年前的一滴雨，
看同伴结连成线，
看着长满青苔的屋檐，
钻进瓦片，
潜入人们屋子里一览。

我是四十年前的一颗果子，
六月的我还没有熟，
小孩子不听劝，
酸得他们口水直流，
也要下咽。

我是现在的一只鸟，
今年筑的巢，
明年还在，
我飞不过的蜀道亦通上了电，
如今人们无须烧火做饭，
山上丛生的树木不会再被砍。

我是现在的一条鱼，
当年捣衣的姑娘已不知去向，
如今的女孩子不用大冬天再去河边，
小伙子也无须再用挑水扁担，
洗衣机会将衣服洗完甩干，
无半句怨言。

我是现在的一滴雨，
人们再也不用担心泥泞的小路，
到处已都是光滑的水泥地板，
再也不担心我会钻进他们屋子，
我只能对着天想象着人们屋内样子。

我是现在的一颗果子，
八月的我熟透了，
老远呼唤，
孩子们鼓着圆圆的肚皮，
说我太甜！

这是我的家乡十多年来的变化，都是尚未弱冠之年的我亲身的经历，故乡处祖国西北之远，在崇山峻岭之中，区区十年尚能沧海桑田，可知中华大地之巨变，东亚巨龙之腾飞！故乡为国家繁荣昌盛之缩影，川大亦是，所谓见微知著用在此处甚是。纵观历史长河，先有文景、贞观之治，后又康雍乾之盛。然皆为昙花一现、过眼云烟。民之受惠实少，官僚受惠颇多。回看今朝，确为民之盛世，无先例可循，故填词两首，以祝福祖国、川大，虽言语难入雅室，然句句发自内心。

四川大学华西校区钟楼

浪淘沙·川大

池中芙蓉展，穿越百廿年，
江安河畔，海纳百川。
沫溪巴渠遥相唤，含章锦水清风甜，
朱楼钟塔同争鲜，岷峨挺秀今更甚，
师生新颜，当立林巅！

浪淘沙·祖国

五岳叹黄山，
金鸡独站。
南北巨龙心中盘，
亿万人民齐声喊，
浅忆百年前，
星起湘潭。
天堑通途昨日变，
平湖高峡今已出，
气象更新！

青年志

四川大学华西药学院 罗 琼 孙子涵

青年志
"匈奴未灭，何以为家"
十七少年首战捷
一腔血气满身骁勇
饮马瀚海饥餐胡虏
封狼居胥列郡祁连
青年志 于此

青年志
"身无半亩，心忧天下"
落魄书生终如意
草野人生飞龙在天
扫除动荡收复新疆
驱外除虏为政利民
青年志 于此

青年志
"中国学生，非不如人"
辗转赴外求艺途
才气四溢命途多舛
苦练画技力透纸背
《奔马》《群马》落笔有神
青年志 于此

青年志
"不择溪流，浩荡万里"
廿二岁启创业史
不甘平凡追求超越
勤奋弘毅创新不断
长江实业慈善首富
青年志 于此

上下五千年　青年亿万万
四有新人　理想为先
救国建国复兴中国
青年需持青年梦
以梦为马不负韶华
看我中国青年
来日方长

赞赞新时代

四川大学华西药学院　王　蕾　罗建琴

那位以国为家，以民为本的伟人
从中国南海到珠江两岸
怀揣着和平与发展，归去矣
天安门广场上的一声"小平，您好！"
让多少人红了眼角，湿了眼眶
"我是中国人民的儿子。"
三起三落的一生，那个打不倒的巨人
早已同"改革开放"共同镌刻在历史的篇章

那位以诗为经，以文为纬的先生
从扬眉少年到慈眉老年
夹杂着浓浓的乡愁，归去矣
多少人似他，极尽一生眺望与等待
望眼欲穿，却终未觅得彼岸花开
当两岸吹响跨时代的号角
锦书难托的年代早已无迹可寻

再不是闭关锁国的岁月
再不是东亚病夫的时代
东方的巨龙已经腾飞
君不见
黄海之滨，风吹稻花　香飘两岸
君不见
大洋之畔，蛟龙深潜　一鸣惊人

绵绵驼队，铃声清越
跨越欧亚大陆
载去流光溢彩的青丝
穿越丝绸之路的繁华
时光荏苒
这是下一个千年之约

待你我
万水千山走遍

于是，单车铃声响彻街头巷尾
于是，支付宝演绎跨时代变革
于是，网上购物引领时尚潮流
于是，高铁飞速驶向天南海北
传智能科技于千家万户
绘千里江山于方寸之间

改革开放，经济大发展
港澳回归，百年沧桑尽
科教兴国，卫星火箭齐升天，桃李芬芳香满园
一带一路，千秋盛世千年梦，一路春光一路情
四大发明，万代流传万里情，一路凯歌一路新

沧海桑田，日新月异
然而唯一不变的是信念

那位为中华之崛起而读书的翩翩公子
十年动乱，忍辱负重
百年复兴，鞠躬尽瘁
少年强则国强，越是风起云涌，越要淡定从容
寻你，纵然不见
春风十里，海棠依旧
这盛世，如你所愿

是单纯的日子，车马邮票，从前慢，一生只够爱一人
也是多变的日子，一声炮响，战火肆虐，心愿迷离
是转眼流逝的日子，四十年风雨兼程，四十年同舟共济
也是充满遐想的日子，新时代已至，来日方长，未来可期

忆往昔
山河破碎，十年动乱，雨雪交加
看今朝
锦绣河山，政通人和，百废俱兴
革新图强，中国特色社会史无前
开门迎客，自由贸易把手牵
放眼未来，民族崛起你我盼

我们的新青年
思潮澎湃
闪烁智慧的光芒
逐梦未来，争做时代的新人
时代的弄潮儿呀，远方的号角已经吹响
新时代的赞歌，需你我共同谱写

逐梦云端，中国新颜

四川大学华西药学院　金美琪

1979年，你站在山下，
我从你眼中看到了迷惘，也看到了向往，
山的最高处是什么？
云巅的风光又是怎样？

为了来到这里，一路上，
刚逃脱封建帝王的奴役、帝国列强的劫掠，
又被林间落草的军阀缚绑，痛尝东洋日寇的刀光；
而后遍体鳞伤的你，选择追随一面鲜红的旗帜，
尽管一路跌跌撞撞……

现在这苍翠林海中，这面旗帜迎风飘扬，
它指引你走上新时代，毫不犹豫彷徨，
望着手执旗帜的那位老人坚定而智慧的目光，
你点点头，
攀登！无妨，
从此不纠结过往，只全力奔赴前方。

手执改革的指南针，从此国门向世界开放，
高楼起，巨轮航；
边陲小镇迸发城市之光，
千年丝路重又人来车往。
经济崛起、科技强国燃起民族复兴的希望！

几十载弹指一瞬，逐梦之路越走越宽广，
且看云端，中国新颜：
振华30号的巨臂完成港珠澳大桥最后吊装，
全球最大射电望远镜FAST睁着巨目，
慧眼探索宇宙洪荒，
墨子号量子通信卫星前途不可限量，
复兴号动车组率先登上350公里时速榜，

太空实验站再次见证科技的成长，
…………

这是怎样的逐梦之路啊，
是从千百年的逼仄压迫中竭力找寻自由，
是在四面楚歌的绝境里，毅然捧拾起梦想，
逐梦云端，让世界看中国新颜，
美好生活，崭新时代势不可当！

星子回忆录

四川大学华西口腔医学院　赵一凡

灯火渐沉　星河初升　万籁俱寂
年迈的星星围坐于银河之旁
窃窃私语
我们光影暗淡　我们气息沉寂　我们行将老去
幸而　我们还有记忆

"说说吧
说说你们漫长的生命里
有什么东西值得回忆？"
最年长的星星开了口

"我记得那片土地
那片在东方伫立了千万年的土地
她那么古老
五千年漫长灿烂的文明
五千年坚韧挺拔的生命
从未中断　从未停息"

"我记得那片土地
那片近代历经磨难　满身疮痍的土地
百年来经受的炮火、硝烟、刀斧和欺凌"
另一颗星星开了口
她语气哽咽　几不成语
"我记得那些没有尽头的黑夜
那些上下求索的岁月
那些学习者　探索者　战斗者　革命者
求仁得仁者　死得其所者"

有星子安慰地开了口：
"我也记得那片土地
那片年轻的生机勃勃的自由安宁的土地

历劫重生　其道初立
改革开放　其道长明
是自由创梦与逐梦的土地
是创新的　求真的　务实的　开拓的
现在的中国
是新的"

"此言怎讲？"
年迈的星星发问
"新在何处？"
星星婆婆擦干眼泪　追问一句

星光沉沉
照过紧张忙碌的手术间
医生沉静的目光里是坚定
悬壶济世　行医救人
——此吾道也

星光寂寂
照过喧嚣繁忙的派出所
警察严肃的目光里是坚定
除恶扬善　匡扶正义
——此吾道也

星光脉脉
照过灯火通明的实验室
研究者灼灼的目光里是坚定
革旧鼎新　知无止境
——此吾道也

星光辉辉
照过人声鼎沸的工业园区
工程师炽热的目光里是坚定
锐意进取　开拓创新
——此吾道也

三更已过　五更欲醒　朝阳隐隐而明
星星各自起身
隔着银河别离
我们光影暗淡　我们气息沉寂　我们行将老去

好在
我们照耀过的土地
总是新的

2048 年的春天

四川大学经济学院　李嘉琪

我看到炮火映作闪电
妇童难逃硝烟
燕山下的细雨浸湿白练
枯骨乱聚在英雄碑前
在 1938 年的春天

壮志青年坚持不懈
用青春换取华夏新天
"一寸山河一寸血"

我看到红星照耀河涧
希望拨开乌云
淮河上的鲜血染红稻田
红旗飘扬在战士胸前
在 1948 年的春天

蜀地青年不惧强权
渣滓洞死生边缘无悔无怨
"可以使皮肉烧焦"
永远抽不干鲜红滚烫的热血

我看到光明破鸿重现
万物复苏更鲜
东南海岸的奇迹惊艳世界
朝气盈溢在大地人间
在 1978 年的冬天

时代青年坚定向前
改革的春风拂过每一个人的指尖
更广阔的世界
新的风暴即将在激荡中露面

我看到花儿开得正艳
鸟儿枝头争先
江安河边的微风拂过草甸
书香氤氲在校园间
在2018年的春天

又是一代青年人
实干的脚印踏得更深更硬
海纳百川，科创钻研
九天五洋，揽月捉鳖
江河工程，沧海桑田

将是一代新青年
逐梦的翅膀腾得更高更远
使命不忘，初心不变
刻苦学习，知识为先
锐意进取，勇挑重担

我憧憬2048年的春天
我想他会有智慧凝就的青山
我想他会有坚毅汇就的大海
我想他会有担当铺就的旷野
我想他会有奉献织就的世界

我会看到青年的热血更艳
山川高楼相间
民族傲立世界
明远湖畔的阳光温暖云燕
笑颜绽开在川大人的心田
在2048年的春天

让青春和梦想飞扬

四川大学电气工程学院　韩讴竹

青春
一首亮丽的诗，一曲动人的歌
乘着阳光
翱翔

梦想
依偎身旁
青春有了前行的方向

我的青春
要为960万平方公里描绘色彩
要与13亿颗心脏一起搏动
要在秦砖汉瓦中寻找雄风
要在浩瀚夜空中发现恒星的光芒
融入江河
青春之梦才可远航

到中流击水
到山巅眺望
到沙漠远行
我们肩上的书包与手中的剑
不贪恋沙发的舒适
和游戏的激情
刺破苍穹
在晨曦里追逐太阳初升
在春风中嗅着柳芽绽放
在燕巢里孵化飞翔的翅膀
唯有远航，才是方向

尽管孔子的牛车在游说的路上疲惫不堪
司马迁的春秋之笔在竹简上印下泪痕

曹操在赤壁之战败下阵来
马克思当掉了最后一件御寒外衣

一鸣惊人的人，必定是在不鸣时已厉兵秣马
一夜成名的人，一定是在一夜之前辛勤的耕耘
经典的历史成就历史的经典
不言放弃的梦照亮伟人的路
也照亮我们
追寻的脚步

一滴水折射世界
在小我的梦里
闪耀新时代的荣光
我是青春之我
是时代之我
是国家之我
是世界之我
我辈青年的责任
在创建青春之梦想
青春之民族
青春之国家
青春之世界

欧阳修说，羡子年少正得路，有如扶桑初日升
流沙河说，路上春色正好，天上太阳正晴
我们有幸
以梦为马
策马飞扬

像你一样追逐

——给党的献诗

四川大学公共管理学院　刘鳗蝶　刘　欣

志学之年
追逐是乘风，不知何起
我忘记所有荒凉
恍惚借了谁的双眼
谁的身影，矗立土地
百年不眠

> 第一段写在少年时期，不知何为追逐美好，只能跟着党的指引。这里"谁的双眼""谁的身影"都为后文埋下了伏笔，暗示中国共产党。

弱冠之年
追逐是渡海，不知何止
我找回密云深处的滚滚轰鸣
又是谁
洒下光明的骤雨
洗净黑色的远方
不停问我
你，是谁

> 第二段写青年时期，当我渐渐成长，变得迷茫，此时这里的"谁"，给我带来光明，指引我未来的方向，并且帮助我逐渐思考，认识自己。最后一句的发问，实为设问，最后一段是答案。

那你又是谁呢
你是风吧
你的眼里是坚毅与不屈
在时代的山冈与春水
追逐着新生的美好与富足
把不朽的红色
种入土地

> 第三段我反问"你"是谁，即中国共产党，这里把党比作风，呼应第一段指引我方向的风，同时表现了党在新时代充满希望的环境下，在为追逐美好和富足不懈努力，并不断"把不朽的红色种入土地"，这里表达的是党的光辉将不断新生并且生根发芽，孕育出与时俱进的"红色"，也暗指习近平新时代中国特色社会主义的诞生。这一段也为最后一段"我想我是风"埋下伏笔，即我将跟随党的脚步，不断追求，不断在时代的潮流中创造出属于自己的特色。

你是海吧
你的怀抱是柔情与热爱
在所有的黄昏与黎明
做一个一尘不染的诗人
高唱自己的信仰
永不消弭

> 第四段与第三段用了同样的手法。

我将和所有
埋在地底
种在土里
站在光芒之上的人一样

> 第五段表现了我的决心。"埋在地底"指为革命奋斗的先烈和先驱们,"种在土里"指目前在为党的事业而不懈努力的人们,"站在光芒之上"指在党的呵护下成长起来,拥护党、坚信党的新一代年轻人。表明了我将铭记党史,学习党的精神,跟随党的步伐,以为党做出贡献为荣的决心。

我想
我是风
是海
是你

> 最后一段,回答第二段的发问"你,是谁",同时呼应第三段和第四段的"你是风吧""你是海吧",表明在党的指引下,我逐渐清晰自己的方向,即跟随党的步伐,担当起为国为党的重任;同时希望自己具有党的精神品质,即这里的意象"风""海"。我将坚信党,跟随党。党的特色,党的精神,就是当代年轻人的特色和精神,是我们奋斗的标杆。

结构:
前两段写党对我成长的指引,中间两段概括性地阐述了党的特点和精神品质,最后两段表明自己跟随党的决心,点明主题。

线索:
贯穿整首诗的是两个意象"风"和"海"。其实"风"和"海"都是党的精神品质的象征。

思路和主题:
这首诗将中国共产党形象化为一个人,即题目中的"你"。党如果是一个人,那么他一定是站在时代最前端的人,他追逐的方向就是美好生活的方向,他的形象和脚步,给当代大学生提供了一个最成功的范例,他像一个英雄,是我们崇拜和努力的标杆。

如何做一个时代新人?如何追逐美好生活?学习党的精神品质,跟随党的脚步,做一个时代新人,有理想有责任感,不断追求,不懈奋斗,担负起中华民族伟大复兴的重任。新时期党的特色,就是时代新人的特色,党的精神,就是时代新人的精神,党的追逐,就是时代新人的追逐。

新时代 新青年 新希望

四川大学文学与新闻学院 张晓真

崭新的红旗舒展在蓝天，
洁白的和平鸽飞在地平线，
多彩的霞光点燃新时代的召唤，
昆仑挺起巍峨的身躯，长江扬起新生的波涛。
黄河荡起激飞的波浪，大海发出豪壮的吟唱。
这是我们的祖国，这是崭新的时代。
新时代新理念，新时代新章程，
新时代新思想，新时代新引领。

"嫦娥"抱"玉兔"登月，"蛟龙"入深海激荡，
"海水稻"喜结硕果，"墨子号"宇宙翱翔。
和平方舟正扬帆起航，在汹涌的海面上救死扶伤，
国产航母正迎风击浪，让一架架银色的翅膀就此飞翔。
呼啸的高铁走出国门让中国智慧惠及四方，
腾飞的神舟穿越天穹将中国故事在宇宙唱响！
你看那唤醒的千年丝路，龙腾虎跃丝绸飞舞，
你看那山清水绿的美丽中国，蜂蝶飞舞绚丽繁富。
勤劳的人民西出阳关，友谊的巨轮驶向海岸。
中国正挺起脊梁，吸引着世界的目光！

前方海阔天空，前方旗帜鲜红，
前方百舸争流，前方充满激情。

万物更新继往开来，青春无悔造就崭新一代。
年轻的我们把自信唱响，将重任扛在肩上！
中流击水，勇立时代潮头，激扬文字，书写人生华章！
沧海横流中流砥柱，霞飞天际日出东方，
漫漫长路我们上下求索，茫茫星空我们抬头仰望，
人民的事业山长水远，人民的幸福是我们永远的理想。
酒已醇厚，花正飘香，追随你的旗帜，
我们把坚定的身影，融入最新最美的远方。

逐梦新时代组诗

四川大学高分子科学与工程学院　雒乙橙　刘方欣

其一

追溯峥嵘四十载，逐梦美好新时代，
伟大使命肩上扛，难忘初心青春派。
学习前辈有担当，爱国奋斗敢飞翔，
川大学子多壮志，光明未来在前方。

其二

不忘的是初心，牢记的是使命。
中国特色，全面小康，新时代的美好篇章。
经济建设谱新篇，深化改革大突破。
民主法制，思想文化，民生改善，伟大复兴扬帆起航。
绿色发展，生态文明，多边外交，中国特色伟大胜利。

其三

投入祖国建设，千万优秀高校，川大北大又清华，朝中国梦奋发。
传统文化复兴，社会主义领航，开放改革致富强，中国满是希望。

其四

一带一路宽阔，发展辉煌祖国。
伟哉马克思，必定功成在我。
创新，发展，才不落于人后。

壮哉中华

四川大学公共管理学院　仲家琳

四十年砥砺前行
壮哉中华
山河壮丽
国泰民安

上观浩瀚星宇
北斗凌空
二十三星建天网
下遁深邃洋河
蛟龙藏海
直下五千探龙宫

壮哉我中国建设
中国桥
飞江跨海天堑通途
中国路
穿山越岭万里横行
中国车
地同天速奔逸绝尘
中国港
稳运千帆行转万物
中国网
极速扩张世界同窗

壮哉我中华民族
全面小康总决胜
"千村万村"焕新生
人民生活稳向好
花团锦簇争相放

走过千年历史

跨越世界文明
明晰千古
仁慈博爱
捍卫绿色与和平
我们是中华儿女

壮哉中华
山河壮丽
国泰民安

国许给我的梦

四川大学华西公共卫生学院　姚嫔娉

"谁终将声震人间，必长久深自缄默；谁终将点燃闪电，必长久如云漂泊。"①

一百零九年的孤寂
一百零九年沧桑尽历
终迎来红旗招展
举世而立
如何不怅惘
如何不激昂流涕？

而今
白驹过隙
风华几近七十载
荣光可越羲和羿
以劈混沌之势
登世界之脊

新时代新气象
改革开放
市场满目琳琅
创新中国
新思想包罗万象
教育强国
学子谱写新章
精准扶贫
全民齐奔小康

如今她
山河绵延数万里
南北东西如一堂

---

① 出自《尼采诗选》，钱春绮译，漓江出版社，1986年版。

江河浩浩
湖海汤汤
来往不过片晌

我生而有幸
于华夏泱泱
享太平富足之邦
挺万仞不屈之脊梁
也期许于渺渺沧海
排空巨浪

她的富强
曾许我一个梦
望我能救死扶伤
赠他人以健康
慰我多年向往
予他人好风光
得一番热血滚烫

海纳百川
有容之量
能求学于此
不甚荣光
也盼响应创新号角
开拓无垠宝藏

溯回五千年
今朝中国梦最为高亢
以改革攻坚之策
协调振兴之法
汇万众之志
入梦的海洋

纵然经历风霜
也愿她
天空风清气爽
众生常聚一方
百姓和谐安详
万邦相携迎难而上
千载传唱

我国筑梦·我川逐梦·我为新人

四川大学经济学院　孟俊辰　金先琦

日月星河
灼灼之光
照耀悠悠华夏之途
几载春秋
几番梦
炽热血脉亘古未歇

海上丝绸
追旧时驼铃漫漫
天眼北斗
念古人仰叹浩瀚
仆仆风尘过后
留于历史之眸的
是坚耸的大国崛起之躯
是如初的勇敢筑梦之姿

此一腔中华之志
掀起多少逐梦之潮
激起多少热血之气

岷山峨峨
江水泱泱
梦在巴蜀
逐在川大

也曾拘于世界的一角
渴求一睹海外的神秘风光
海外访学远程直播
把这纷繁世界拉到你我面前

也曾是茫茫人海中的一支孤军
期待着更多的机遇和选择

过程考核小班教学
让你我的步伐不再凌乱

也曾在这铃声阵阵时焦虑惶恐
愿寻得片刻的安谧
奶茶吧台廊间座椅
让你我内心暂时安宁惬意

油彩浸染的井盖
蜀香风情的美食
古韵悠长的壁画
施展才情的舞台
逐梦我川
是一切美好之始

生于中国梦腾时
勇担时代之重任
学我之所爱
竭我之所能
尽我之所长
自由而有度

融我之小梦于家国大梦
融我之小谋于家国大略
融我之小慧于家国大智
勤而恳，诚而忠
我为新人
中华民族复兴即我辈大任

我国筑梦
我川逐梦
我为新人

逐梦美好生活　争做时代新人

四川大学数学学院　张佳楠
四川大学建筑与环境学院　于潇文

春天，种下一些梦想
浇水，施肥，再加点信心
梦想就会发芽
夏天，梦想开始疯长
打药，除草，最重要的是
辅以脚踏实地
让梦想在心中生长
秋天，把梦想挂在门口
不断奋斗
一天天的便红火了起来
冬天，静静地坐下来
围着火炉
嚼着梦想
谈论着梦想以外的故事
这就是美好的生活啊

相信自己
用信心把自己武装
战胜每一次挫折与挑战
相信国家
用信任把国家支持
中国梦不再触不可及
相信生活
用信念把生活引导
坚定执着追求美好

想，要壮志凌云
行，要脚踏实地
梦想与生活才增色添彩

我愿做一只蚂蚁
身躯小，但脚踏实地，从不离开泥土的芬芳
步子小，但永不停息，从不放弃前进的方向
名气小，但自我满足，从不追逐无用的名望
力气小，但量力而行，从不肩负超重的食粮
嗓门小，但耐得寂寞，从不放出无谓的歌唱

让苍穹磨炼我们的意志
让奋斗成为生命永恒的节拍
珍惜如梭的岁月，以此刻为约，不休止地追逐
是的
梦想的确很远
可倘若实现那么容易
何必朝思暮想
而又灰心苦恼
累了歇歇脚便是，别忘了前进的方向

美好生活总与梦想形影不离
强大的信心产生无往不胜的勇气
渴盼辉煌必先脚踏实地
奋斗，不留遗憾与后悔
每一个拼搏的人都有与梦想并肩的权力
我是时代新人
意气风发，心怀火炬，脚步永不停歇

虽然我住在象牙塔
但社会上的事亦与我息息相关
不公平的嘈杂从耳畔钻进心底
理性的言语从心底溢出嘴角

我要看看这世界与童话的不同
我是老师　是志愿者　是洗碗工
从没想过月入过万
只想让世界见见不同的自己

我是个经济不独立的小大人
但家务活全能做的就是本人
他们的年岁与我们一同增长
慢慢学会尽己所能守护你们

我以行动
将担当常存心中
我以行动
将奉献埋入心灵
我以行动
将责任刻入心间

我是一个大学生
我能做的就是准备好自己
我看
看这世间的形形色色
我听
听这人声浪涛的此起彼伏
我行
实践是检验真理的唯一标准
我爱
爱使我真正融入你们

逐梦美好生活 争做时代新人

四川大学华西公共卫生学院 王玉洁

当东半球的嘹亮欢呼划过十月的天际
迷雾里一个老人停下他踽踽独行的脚步
烽火纷飞掩映着他佝偻的身姿
枪林弹雨憔悴了他恬淡的面容
他张望
张望到值得借鉴的明天

七月的南湖，碧水涟涟
红船上阅尽故事的煤油灯晃散出幽光浅浅
卷起一支旱烟，
青年工人吞吐着翻涌的思绪
拾起一杆步枪，
氤氲在红船上的绕指绵柔化作斗志方刚
他想象
想象此刻身处艨艟巨舰

是那激越冲锋号里骁勇的召唤
让那个身薄力弱的年轻士兵突出重围
他时而匍匐在地
挪移在动荡不安的血色山河上
时而冲锋陷阵
以血肉之躯将坚船利炮丈量
他盼望
盼望听到城楼上的壮语豪言

赭黄的戈壁，黄土翻飞
腾空而起的蘑菇云舒缓了长久紧绷的神经
面容枯槁的科研学者停下手中运算的笔尖
一张张布满字迹的稿纸演草让他废寝忘食
一个个悬而未决的推理演绎让他夜以继日
他瞭望

瞭望到大国崛起的巍峨画卷

如果不是那雨露，激起层层涟漪
懵懂的白衣少年不会被自由的甘霖拥入怀抱
自由的情怀
让他放开心胸拥抱宽广的蓝天
坚毅的信念
让他奋勇前进正视崎岖的前路
满怀的企盼
让他描摹横亘千古的腾飞诗篇

驼铃叮当，丝绸古道上留下碧螺春的清香
汽笛声里，沿海码头推送着你来我往的贸易
和平的旗帜荡漾人类之心的波澜
共享的地基搭建命运的共同体
他立足
立足在风起云涌的国际政坛

中国梦描绘出太平盛世的蓝图
静待世人描摹自我的色彩
平原奔驰，群峰腾跃
走出曾经的迷惘、曾经的张扬
用复兴拥抱当前、携手未来
他畅想
畅想友邦平等互利共同发展

少年自由少年狂
心似骄阳万丈光
时代育我做栋梁
披荆斩棘经此去
踏歌天地试锋芒

我愿追随那束光芒

四川大学计算机学院　张蔚琪

多少烈士的生命
才能换来今天的和平生活
多少人民的汗水
才能造就日益繁荣的祖国
多少岁月的沉淀
才能形成博大的文化浓缩

在流逝的时光中
心怀对未来的企盼
所以我们才能靠自己的双脚
屹立不倒
我仍然记得
那支希望之歌
世代相传，永恒不变的旋律啊
寄托着万众对美好生活的向往
在历史的长河中飘扬

民族振兴
国家富强
人民幸福
十四亿人民的向往
碰撞　交织　共鸣
凝成一束光芒
坚定不移直冲前方
十四亿人民勠力同心
必能绽放出
比太阳还耀眼的光辉

过去，今日
有人为你挡下多倍的黑暗
有人为你承受多倍的苦难

有人为你经历多倍的心酸
祖国为你提供了机会
祖国为你做好了准备
为什么还会
迷茫？

因为两耳不闻窗外事
因为封闭自己于井底
看不见前方宽阔的道路
忘记使命，忘记感恩

从今始走出去
要自强敢担当
不负祖国厚望
追随那束光芒
纵使伤痕累累
也无怨无悔
使命肩上扛

我的川大梦

四川大学计算机学院　张明德
四川大学网络空间安全学院　严梓菡

跨越千里，我从燕赵来到这里
因缘聚合，你走进学子的心底
川大，一个梦想升起的地方
人生，将展开不一样的篇章
天府之国，是你得天独厚的沃土
巴蜀胜境，从现在穿越回到远古
千年历史的风尘，堆积沉淀
圣贤百姓的努力，蔚然成都
我仿佛看到李冰父子辛勤的背影
导引沟渠　不畏筚路蓝缕
我仿佛听到桃园三杰的呐喊
金戈铁马　气吞万里
江山已定，李太白犹在感慨蜀道难行
天下不安，唐玄宗独自回忆细雨霖铃
相同的四季，轮回上演相同的日月
不同的时代，各自拥有不同的风景
近代中国革命的风暴从这里发端
现代中国革命的精神在这里成形
保路运动保住了民族的人心希望
红岩风骨铸就了中华的精神长城
我来了，从北方的燕赵
来寻找，心中对川大的梦想
深山藏猛虎，大海隐蛟龙
厚积而薄发，百川汇成洋
窗含着西山的雪岭
门对着东方的朝阳
觅良朋益友切磋技艺
遇良师尊长指点航向
我在川大江安

梦想插上翅膀
时代潮流滚滚向前
有你陪我一起翱翔
让我们一起畅想吧
畅想未来的中国兵强马壮
让我们一起奋斗吧
幸福是对奋斗的最高奖赏
海纳百川有容乃大
壁立千仞无欲则刚
圣贤教诲谆谆在耳
亲情友情初心不忘
亲爱的朋友们
这就是我的梦想
无边的春光里
该有怎样的青春激荡

勇担青年使命

四川大学法学院　何　莎
四川大学建筑与环境学院　王　谦

仍记得——
孩提之时，父亲"先为国后为家"的教诲；
髫年之时，颈间红巾，右手握拳的敬畏；
金钗之年，国歌铿锵，红旗上飘的热血；
及笄之年，奋笔疾书，振兴中华的鸿鹄之志。
至今——
桃李年华，大好时光，
仍未失青年风骨，
仍未丢最初本心，
自信忠诚，眼观天下，
扎根人民，砥砺前行。

做时代的青年，
青年兴，则国家兴，
青年强，则国家强。
青年，
要将勤奋投入到博学中去，
要将笃实投入到修德中去。
终生带着民族自信，开拓进取，
终生带着坚定理想，创新时代。
志存高远，担当使命！

做人民的青年，
利于民者爱之，害于民者恶之。
倾听群众之声音，
服务人民之根本，
笃定信念，欣于奉献。
我们，
接过时代的考卷，
迎着人民的目光，

一笔一画，
书写新篇章！

作为时代和人民的青年，
我们生逢其时。
只有珍惜韶华，方可一路芬芳。
只有奋斗不息，方可成就中国梦！

新 尘

四川大学华西口腔医学院　程兰欣

我是公元四百年，
诞生在西晋的一粒小小的尘埃，
飘摇一千六百多年，
看尽了人世间的
国攻打国，
民攻打民，
各处饥荒、瘟疫，并各种的战事，
日光之下，
并无喜乐。

转眼已 2018 年，
中华人民共和国的第 69 个生日，
我停在成都市的郊区，
江安白石桥上一座窄窄的石墩上，
我想，作为一粒灰尘，
到底有什么意义？
我曾停在
在第一次世界大战的战壕里，人类向自己同胞举起的刀剑上，
在河南大饥荒年间，母亲怀中孩子干瘪的脸颊上。

远处突然传来一阵响声，
当，当，当当当。
那是工人们在烈日下挥汗如雨地修建城市地铁。
那突然让我想起：
当！
当战争爆发时，华夏儿女奋起反抗，
共产党带领人民建立起了新中国，
我们进入了新的时代！

在新的时代里
当！

灾难肆虐时，最可爱的武警官兵奋斗在最前线，
为饥荒中的人们带来面包，带来水，带来希望；
当！
国家大事，我们拥有选举权、请愿权等。

我看见了，
看见大学生们抱着书本，走向宽敞明亮的教室、图书馆，
他们苹果一样的脸上焕发着青春的朝气，
他们在自由的环境里创新、创业。

我看见了，
看见食堂里师傅们戴着洁白的口罩和帽子，
微笑着为学生们端出营养美味的饭菜，
学生们吃得个个觉得满足。

我看见了，
看见戴着穆斯林头巾的女孩和金发碧眼的姑娘，
手挽手地走在校园，
他们
和我们一样拥有最好的教育。

我还看见，
看见明亮整洁的校医院，
让林妹妹不治身亡的肺病，
在这里不花钱就能治好。

我还看见，
在离市中心好远的地方，
也正在修地铁。
啊！在那里劳动了一天的工人，
擦去了头上的汗水，
就要回到他用公积金新买的家中。
他美丽的妻子，
和免学费读小学的小儿子，
正在家里摆着热腾腾的饭菜。

我！
是新时代里的一粒新尘了！
我愿和大家一样，
投身于美好的新时代的建设。

我要去，和我的兄弟们一起，
变成水泥，变成混凝土，
做新中国的高楼大厦
——或许是实验楼，医院，或是学校里的一块砖。

川大人，新时代人

四川大学经济学院　王　萌

前言

本诗为一首以川大人视角，宣扬争做时代新人的现代诗歌，采取藏头的形式，层层递进。第一部分为寻梦川大，第二部分为明晓事理，第三部分为求知实行，第四部分为坚持格新，第五部分为匠心精神，最后两句诗点明中心，呼应主题，希望川大人能以身作则，真正担当起民族大任。

寻簧门以展抱负，梦深处红檐青砖。
川西学府广纳才，大师荟萃流今古。

明志致远喻于湖，晓山不高务持重。
事求精益不辞苦，理文为纲相融合。

求学初心不动摇，知行合一铭记心。
实干精神贯彻底，行成于思毁于随。

坚定自我拒逐流，持之以恒贵不挠。
格物致知平天下，新益求新勤思考。

匠魂赤忱铸前路，心系家国重时政。
精雕细琢出细活，神思开阔慎于微。

时不虚度，年轻一代担起复兴大业。
新中国梦，全川大人共逐美好生活。

无 题

四川大学外国语学院 蒋 涵

  戊戌年槐序末，虹销雨霁，天朗气清，予只身踱步校园，嗅含笑芳菲不尽，望白鹭翔集远汀，海棠垂丝，梧桐豆青；烟波拍江岸，晚樱烂漫，莺语闹江安；黄发垂髫，游玩正酣，见此春光阑珊，予心亦灿，蓦然思及时又恰逢吾国开放之四旬，马公诞辰之两百载，遂兴起，作此文。

  春桃萌生，百事繁庶，万物华荣，吾国亦如此。十九大，乃曰吾国已入新世，小康初成。而已逝数载，经历尤繁，于外霸权横行，周国动荡，和平岌岌；于内矛盾新变，经济增缓，然吾国吾党，不忘初心，牢记使命，瘝瘝不遑，宽严相济，经权互用，举大旗，筹小康，终绩效显著，繁荣昌盛，国泰民安。

  曾记否？曩者，赤县神州，千古华夏，大风泱泱，大潮滂滂。然鸦片之战，国门洞开，帝国纷争，硝烟四起，民不聊生，山河破碎，至此，先辈始奋起于救亡图存之计，或洋务运动，或维新之变，或辛亥革命，然终未改国运，战乱仍频，众生依苦。所幸，十月革命开社会主义之先河，辛酉之年，南湖柳岸，嘉兴红船，吾党乃诞，肩华夏复兴之任，兢兢业业，矢志不渝。初，唯星星之火，然，以其志之坚、其思之慧，挽狂澜于既倒，扶民族之将亡，星火终燎原，浸昌浸炽，遂遍华夏，河山皆换新颜。

  于吾等亦然，幸蒙川大垂青，求学于此。江安河畔空浩烂，芳香满校园，人才济济，校风静娴。吾辈更应鉴往训今，上下求索，奋勉向前，致锐意巍荡于寥廓，发宏愿璀璨于河漠。知耻后勇，铸追风少年之心魂；继往开来，续中华兴隆之任，弘先贤卧薪之毅。然大山之高，积于砂砾，大梦之远，醒于先行。青霄有路勤作径，囊萤又何晚？窃以为有志必图，图必成，前途似海，来日方长。中国梦岂远岂难乎？盖独之于尔、于吾、于世人之心乎！天下无难事，为之，则难者亦易矣；不为，而易者亦难矣。

  今不多言矣，当此贞下启元之世，吾辈致力于学，求先求进，心系家国，即仰不愧于天，俯不怍于人也。末，借诗以劝："盛年不重来，一日难再晨。及时当勉励，岁月不待人！"

不驰于空想，不骛于虚声

四川大学物理学院　袁明月

你好，我的中国
现在是二〇一八年五月九号
我的坐标，成都
大学的我们
风华正茂
这是崭新的时代
承前启后、继往开来
这是梦想的时代
攀登知识的高峰
遨游学术的深海
这是决定国家命运的时代
在这个时代里
我的中国
沙场秋点兵
强军硕果丰
经济变革，更上层楼
创新驱动，成果傲人
一带一路，惠及世界
简政放权，国泰民安
每个时代
都有它的主题
每一代人
都有它的使命
每一段青春
都有它的风采
历史车轮滚滚向前
时代潮流浩浩荡荡

忆往昔
无数仁人志士

争取民族独立和人民解放
血淋战场
新中国成立之初
站起来的中国人
在满目疮痍的废墟上
努力建设家园

看今朝
看齐习总书记
决胜全面小康和民族昌盛
举国振奋，全球瞩目
深学细照笃行
自觉忠诚担当
深学方能知内涵
细照方能明差距
笃行方能显价值
谆谆教诲记耳边

新时代筑梦人
树立正确学习观
立足当下要实干
遵纪守规自觉行
自律意识在心中
头脑清醒跟党走
主动融入新时代

民族复兴中国梦
海晏晏河清清
青年一代勇担当
风劲帆满图新志
砥砺奋进正当时

改革开放 40 周年
我们坚持与奉献
齐心钢铁精神已铸就
奋进新时代
逐梦时代新征程

新程再起，逐梦时代

四川大学华西口腔医学院　姚禹帆　朱　莉

川大篇

岷峨挺秀，锦水含章
中外名士，兴办学堂
学府巍巍，德渥群芳
惜才重教，孕育新章
丙申之年，救国存亡
筚路蓝缕，力挽国殇
叹哉！
责任担当，同民族命运！
改革开放，共国家富强！

花甲两度，更现光芒
海纳百川，立德为纲
创新创业，落地生产
分类施教，自由发展
学术卓越，求新求优
强强联手，建双一流
美哉！
赤子情怀，同时代进步！
热血青年，共新人追梦！

"十三五"已启封，"中国梦"在召唤
川大之梦，勇立潮头，奉献社会，敢为天下先
中国之梦，革新发展，民族复兴，勇辟自由径
逐梦，因青春正好！
逐梦，因时代正好！

中华篇

国之初立，探索行；
千回百转，改革开放，石破天惊。
小岗首试承包制，南海崛起国际城；
落后痛，深烙民族魂，睡狮震。

重经济，搞生产，促创新，永发展！
雄鸡鸣，浩渺寰宇犹惊。
蛟龙五洋捉鳖去，神舟九天揽月来。
我中华，傲立民族林，无止境！

梦里花开

——逐梦美好生活　争做时代新人

四川大学文学与新闻学院　单嘉余

梦境曲幽深处
摇曳着一朵花
血色的五片花瓣
边沿枯黄
周遭乌鸟盘旋觊觎
泉水绕其根系而去
仿佛轻轻触碰
就要低垂下去
悄无声息
同那一方隅
成为历史的孤魂
湮没在无数个相同的梦里

我哀它枯败
又叹它顽强
它说
会有昂起头颅的一天
因为春信
总会如期赴约
它会蓬勃而生

于是那朵复苏的花
跳出梦来了
扎根在我前行的道路旁
生出千万朵
异彩芬芳
鲜红的一片
是它胜利的呐喊
更是披荆的荣光

梦里花开
是因为每一个
小小个体的向往
更生着自己的血液
积蓄着内里的力量
更是因为
一声惊雷开混沌
一场春雨润干涸
一个崭新的时代
梦魇失去利爪
每一个有梦的人
拥有花开的希望

以梦为马,不负韶华

四川大学建筑与环境学院　刘　颖

从嘉兴南湖的小船到天安门上飘扬的五星红旗
从磅礴逶迤的漫漫长征到21世纪海上丝绸之路
从鲜血淋漓的拼杀战场到举世瞩目的G20峰会
千疮百孔的中国,走过黑夜,刺破荆棘
我们在逐梦的蓝天鸿鹄展翅
我们在时代的路上砥砺前行

穿过雪域高原戈壁川流的高速高铁
越港跨海连接祖国疆土的港珠澳大桥
一砖一瓦,一敲一击
建筑师美好的梦,工人们智慧的汗水
都凝结在纵横跨越中国版图的鸿篇巨制中
朝发夕至不再是梦
天涯海角近在咫尺

三尺讲台,一支粉笔
勾勒出教师最纯真的梦
用爱心点燃生命,用知识浇灌青春
创新引领,人文素质,文明育德,弘扬真善美
这是新时代老师的魅力与风采

医者仁心,杏林春暖
他们在鲜血中救死扶伤
天使之心悬壶济世
善良之本立身于世
倒在手术台的白色身影,重重病历前的暗暗灯火
都在诠释着新时代医护人员的孜孜追求

在数字和编码中发现奥秘
在试管和仪器中寻找真理
悲伤离合因为网络而化作满心喜悦

天南地北因为科技而连接一体
技术人才用知识铸就了美好的生活
这是时代赋予他们最神圣的使命

中国共产党人97年来荡涤尘埃志存高远
创新协调绿色开放共享口号响彻寰宇
"一带一路"经纬纵横连接着世界
"四个全面""十四个坚持"
世界人类命运共同体的华章不断谱写
改革开放的复兴之魂不断厚植于心
数不尽的政策方略
都是党和国家繁荣昌盛的坚定步伐

无关职业,无关民族
中国梦是国家的也是个人的
美好的生活是华夏子孙千百年来共同的梦
神州大地,钟灵毓秀
梦想在巍巍昆仑山孕育
如滔滔长江水奔流不息
逐梦新时代,争做时代弄潮儿,我们志在必得!

逐梦奋斗新征程，镌写时代新华章
——写在改革开放 40 周年之际

四川大学文学与新闻学院　赖逸平

（一）

回首伟大历程
华夏神州
春雷声声——
从农村到城市
从试点到推广
从短缺走向充裕
从贫困奔向小康

回望铿锵步履
九州中华
秋空赫赫——
从引进来到走出去
从加入世贸组织到共建"一带一路"
从第二大经济体到第一大工业国
从经济体制改革到全面深化改革
从脱贫攻坚到乡村振兴
历史见证了中国

这是中国人民
顽强奋斗，艰苦拼搏
上下求索，锐意奋进的结果
更是与时俱进，一往无前
敞开胸襟，拥抱世界的成就

四十载众志成城
四十载砥砺奋进
四十载春风化雨

从"赶上时代"到"引领时代"
中国人民用双手书写了
国家和民族发展的壮丽诗篇

（二）

回望历史
回望那段用鲜血和生命铸就的历史
我们
曾历经磨难
但一直坚忍前行
曾饱受屈辱
但始终自强不息
深深镌刻在民族记忆深处的
既有家国破碎，同胞死难的伤痛
也有英勇抗敌，浴血奋战的壮烈
更有气壮山河，光辉永在的精神

抚看今朝
发展与挑战并存
国家事业蒸蒸日上
人民生活日益富足
贸易保护主义抬头
地区热点此起彼伏
我们的责任更加重大
面对的任务更加艰巨
我们比历史上任何时期
都更接近民族复兴的目标

（三）

一个时代有一个时代的梦想
一代人有一代人的使命
中华民族又一次站在重要的历史关口
我们更加珍视艰难岁月中
砥砺前行的伟大精神

她
曾鼓舞英雄的中华民族
冲破历史的惊涛骇浪
她
也定会在新时代激励我们
实现中华民族伟大复兴的梦想

新时代，新气象
泱泱中华，文明博大
延续千年的丝路精神
彰显了中华优秀传统文化的魅力
引领发展的社会主义核心价值观
承继了中华民族优秀的文化基因

新时代，新青年
承续历史精华，放眼国际潮流
坚定理想信念，落实创新工作
敢于思想解放，善于统筹协调
富有人文关怀，勇于担当大任

新时代，新作为
坐享难成，奋斗得福
五年砥砺奋进
中国人民奋发有为
从"慧眼"卫星遨游太空
到 C919 大型客机飞上蓝天
从量子计算机研制成功
到海水稻进行测产
从全线贯通的港珠澳大桥主体工程
到奔驰在祖国广袤大地上的复兴号列车
从统筹推进"五位一体"总体布局
到协调推进"四个全面"战略布局
一切的成就与变化
一切的辉煌与创造
是十三亿多人民的勤劳奋斗
是全国各族人民的勠力奋发

（四）

寒暑里平凡岗位上的坚守
风雨中默默辛劳的付出
一以贯之，一如既往
在实践中创造有价值的人生
走与人民群众相结合的道路
奋斗拼搏，孜孜不息

不迟驰于空想
不徒骛于虚声
以砥砺奋进之心走进新时代
以只争朝夕之行开启新征程
不忘初心，继续前进

又是一个春天
兴甘霖，润万物
集百川，惠苍生
固堤坝，安黎民
聚浩荡，击中流

2018年
中国改革再出发
为着国家繁荣昌盛
为着人民美好生活
为着民族伟大复兴
乘着浩荡东风
牢记使命，奋发有为
我们必将以中国梦的灿烂抵达
告慰无数先烈
以人民的全面发展
成就民族的光辉未来

朝 阳

四川大学文学与新闻学院　张子寅　张　华　刘烨霖静

红色的先驱
站在历史的潮头
滔滔的江水染尽了
泛着无边热血的胸口
空想终将一无所获
唯有一步一步前行
方能踏出康庄的大道

对生活的热爱
对知识的渴望
藏在学子眼底
美在心中启迪
引领我们追寻历史的遗迹
时刻牢记着人民
用一双慧眼
将生活中的点滴汲取

朝阳
迎着晨雾出发
载着梦想启航
是华西钟楼红瓦斑驳
是江安河畔英姿飒爽
我们行过长桥
迈向朝阳
春风拂过青春脸庞
吹在热血的心上
我们迎向朝阳
我们，就是朝阳

回望往昔峥嵘岁月
八一枪声鸣

万里长征徙
南湖小船领航逶迤巨浪
星星之火点燃时代希望
人民决心难不怕
和平曙光在前方
新中国宣告成立
七旬老人南海画圈
望天嫦娥奔月圆梦想
探地蛟龙载人征海洋
昂首挺胸迎未来
幸福走进新时代
答案岂会又彷徨

是党啊
是马克思的精神啊
在遥远又亲切的彼方
两百周年历久弥新
闪耀着红光
历史的长河
早已翻开新的篇章
新社会的红日，已经穿过碧海
为我们领航

怀揣着胸中的激昂
自省着一言一行的修养
探索着历史的遗迹
品尝现实的芬芳
目标就在遥远的位置
等待着，等待着
争先恐后的我们
去开创美好明天
去迎接一样又不一样的朝阳

江山如画是今朝

四川大学公共管理学院　郐皓月　韩雨佳

华夏巍巍，中华泱泱，五千年起落，五千年风霜。

神州文明，源远流长。思想繁荣之东周，国家富饶之汉唐。立于世界之巅，俯瞰江山汪洋。古籍经典，如烟海浩瀚；人文底蕴，与日月同光。

虽有盛世太平，亦有战乱饥荒。男儿血战沙场，巾帼拭褪红装；有振聋发聩之文人，亦有热血丹心之草莽。历史长河，滔滔流淌，为万世开太平，为中华保安康。

清末异族，蚀我中土，侵我国邦；铁蹄鸦片，踏碎琳琅；哀鸿遍野，血流成塘；下已颠沛流离，上犹歌舞霓裳。虎门销烟明我民族之志，古稀老臣率马啸勇新疆。中兴名臣，异军突起，兴洋务之运动，试救大厦之将倾。甲午阴云，丧钟犹响；戊戌君子，剑拔弓张。既有救民之心，虽败而荣光。

清亡之际，有子孙文，以文弱之肩膀，翻中华之篇章。共和天下，封建成殇。奈何天不作美，地不恩祥；袁贼作乱，军阀为猖。盗我革命之果，毁我国民安康。至日寇闯我国门，屠刀高扬；南京血洗，三十万人，魂归苍茫；尸山血海，恶罪难藏。国之危难，谁可独善其身，避世锋芒？将军自忠，奔波于救国前线，心系于家国兴亡，枣宜会战，魂散襄阳；佳人一曼，妙龄年华，极刑加身，拒不投降。以自身之血躯，誓死忠于党。

新中国初立，满目疮痍。无数有志之士，以日夜劳动之心血，奠定富强之基石。漫漫前路崎岖，默默繁衍生息；虽有曲折黑暗，幸终云销雨霁。南海春雷，港澳同归；凤凰涅槃，蛟龙腾飞。重立足于天下，扬我华夏国威。天宫宇宙遨游，高铁纵横千秋；四十年拼搏荆棘路，代代儿女不眠休；民族复兴路漫漫，不悔初心跟党走。

今临时代路口，天下风云诡谲，国疆围绕敌手。于党不忘初心，方得始终；于民不忘团结，才得从容。时代青年，初绽之花；心系家国，胸怀天下。继前辈之遗愿，闯前路之风沙；坚定向前之步伐，为民而争现代化。纵观天下风云，唯我中华儿女，意气风发、鲜衣怒马，口吐锦绣、妙笔生花，少年自强，当可光耀我中华！

五千年风雨飘摇，唯愿一朝跃起，再看江山如画。

路

四川大学电子信息学院　吴万敏　任梓豪

我在找什么？
这是我踏上这条路不久就开始思考的问题
我不断往前走、往前寻
我看得见路的轮廓，却看不清它的模样
偶尔回过头
我不曾走过的那些路就在身后并且往后延伸
我看到人们的笑容，看到富饶的土地
看到一切美好而又繁荣的景象
路上的老者告诉我
我能看到的最远的地方距今已经六十九年
而在我看不见的旧路上有长长的一段铺满了尸体
路本身的模样被掩盖
鲜活的生命在保护这条路的时候不断流逝
这样的日子持续了很久，很久
最终在一个人的一句话之后戛然而止

听说从那时开始
硝烟消散，世界焕然一新
我们的民族结束了近代百余年的屈辱史
仿佛获得新生
人们不再趴在地上匍匐前进
所有踏上这条路并企图将其霸占的人落荒而逃
纵使路边没有高高的围墙，没有带刺的栅栏
却也无人再犯
革命者开始用不同的方法设计
他们小心翼翼地往前铺垫
既想让路人走得舒坦，也想让路坚硬
他们不断探索
路却总铺得不尽人意
就这样过了二十九年

一个老人亲自规划
从那时起，路越来越完美
直到四十年后的今天
不得不感叹先辈之智慧，感谢先辈之付出
路边盛开的鲜花和外人对我们艳羡是对这条路的肯定
路上人们脸上灿烂的笑容是对造路者最大的安慰
有人继续努力建设道路
有人却倒在路边
看不见他们曾期待的盛世
却仍会引来人们崇高的敬意

我们能做什么？
带着前辈们的期望和嘱托
沿着英雄的脚步继续向前
造路者早早地将路的轮廓和基石铺好
而它们最终成形的样子取决于我们当下的方向
我们继承前辈的光荣传统
我们传承先人的优秀文化
用他们的硕果来塑造更优秀的自己

我的一生都将在这条路上探索
带着无畏黑暗的勇气和永不褪去的微笑
和同路人一样不断拼搏朝着自己的梦想
竭力描绘出这条路未来最美的模样
我找到我的方向，正在不遗余力地前行

那人，那事

——平凡不平庸

四川大学电子信息学院　刘定南

中国进入新时代，国家发展要人才。
伟大复兴中国梦，时代造就奇英才。
怀抱理想顺潮流，敢于担当勇创新。
一往无前克难关，劈波斩浪勇向前。
锲而不舍久为功，坚持不懈创奇迹。
爱国敬业讲文明，感恩奉献有诚信。
顺境不骄又不躁，逆境不馁也不弃。
坚守岗位作标杆，争做时代最新人。

火车医生——辛圣东
八纵八横新格局，人民安全要保障。
列车安全小卫士，无损检测辛圣东。
理想现实相接近，兴趣职业互融合。
择之一业终一生，勇作时代新青年。

地沟油检测警察——任飞
一剑封喉地沟油，钉子精神韧细精。
打击罪犯要智取，创新方法是关键。
千挫万败不言退，终创试纸卫平安。
不良商家之仇敌，广大吃货之恩人。
岁月静好属人民，负重前行是警察。

人生转角创业者——武晶晶
突如其来"暴风雨"，摇身一变"灰姑娘"。
巨额欠债不逃避，认真负责有担当。
迷茫彷徨一时有，踏实坚守是终生。
生意场上讲诚信，人人称道武有才。
三十载艰苦奋斗，三十年收获幸福。
信守承诺品质高，债务变财肚量大。

阳光生活勇向上，笑对未来高大上。

文化基因的唤醒人——赵旭
种得桃李满天下，心唯大我育青禾。
坚守真我是真道，志存高远不随流。
坚持原则扬正气，鉴实赏美真才学。
时代新人高素质，文化教育严要求。

愿你的青春不留遗憾——郭琪
生遭劫难幸得生，不想今后苦一生。
步步阶梯跪爬过，重重困难含泪行。
少壮时追寻梦想，白发年无悔人生。
时代新人之楷模，青春无憾之诠释。

建党强国新时代　逐梦无愧报青春

四川大学机械工程学院　李　洋

　　昔往泊处依航船，湖面涟平暗涛涌。两三人聚谈，千万辈呼号。欲渡江湖风波恶，何惧寥落干戈起。只一个幽灵，上亿众响应。

　　苍苍蒸民，有何咎乎？家国深仇，怎为命哉？既已存亡死生矣，岂可矜能顾性命。国濒危，民何存？真信仰，莫踌躇！

　　似不见，血海忠骨无人收。诚可晓，头落身死后有继。除尽将相王侯种，定四海；荡平军阀列强势，收八荒；夷灭外寇侵略者，复华夏；肃清内宇反动派，新中国。

　　时光蹉跎已荏苒，峥嵘岁月尚可忆。改革开放现佳绩，峰回路转辞旧世。观城村，鳞次栉比；见箪瓢，温饱有余；入奥运，名列三甲；制重器，鲜有相若；天河问鼎，蛟龙探海，神舟揽月，天眼窥宇。

　　沧海有桑田，日异月且殊，天翻地而覆。此间景，不胜收。其中乐，世无比。

　　然有仓鼠幕后虎，私室玉帛锭金银。声色犬马淆直曲，虽欲辨雪何由从。且看习，重开筵，驱鼠擒虎堪铁腕，五面四风复廉洁，直令世人称爽快。

　　新时代，初阶段，荆艰棘辛覆长路，天时地利尚犹存。内忧外患虽不称，机不可失迎挑战。故乡一别，去之万里，寒窗多载，岂负初心？且睹旭日东升，正处风华正茂，才露后辈锋芒，大展志向宏图。

　　夫勿忘，厚积薄发须有道，象牙之塔毋庸取。一味求仕为流俗，全意辐财必迥绝。显达乎？立名乎？于吾如浮云！与时俱前思跟进，心怀主义终不移。跃跃欲试勤挽袖，孜孜不倦竞加油。天地苍茫为正义，终身碌碌夫无悔。何为正？正审，正省，正身心。正能，正梁，正能量。跨维谷，良马奋蹄自此时；渡险滩，鸿鹄振翅击流水。

　　执新念，弃空想；携斗志，忌虚势。青春何以报？趋之若鹜逐梦者，但求无愧乎愿心！

梦之火炬

四川大学电气工程学院　王敬国

夜空中闪闪的群星，
散发着梦想的光芒，
投向宁静的大地。
向前奔跑的脚步从未停止，
只因手中冉冉的火炬。

带着梦之火炬，
踏上寻梦之行，
他看到了苦学力行的莘莘学子，
他们孜孜不倦，笃行明辨，
求真务实向科学高峰登攀。

带着梦之火炬，
他看到了孜孜以求的大国工匠，
他们大勇不惧，大术无极，
以匠人之心雕铸中国梦想。

带着梦之火炬，
他看到了夙兴夜寐的学界大牛，
他们不断努力，此志不懈，
凭赤诚肝胆撑起国之脊梁。

带着梦之火炬，
他看到了这日新月异的文明古国，
似东方雄狮，威慑四方，
又似雄鹰展翅，翱翔万里。
沿着十九大的方向，
完成十九大的梦想。
他还看到了那辛勤的农民，
无私的教师，
救死扶伤的医生……

他们都为更美好的未来贡献着自己的力量!

一步一步,
他始终一往无前地奔跑,
他怎会孤独,
有十三亿中国人民集磅礴之力和他并肩前行。
当十三亿梦之火炬在广袤的土地上汇聚,
中国梦必将,
触手可及!

明 日

四川大学软件学院　李忠玮

远远的，你向我们走来，
伟岸，却步履蹒跚。
踏过广袤却荒凉的土地，
抵抗着草莽的纠缠。
你的双腿差点被打残，
你的双臂几乎被折断。
我们泪流满面，我们浴血奋战，
等待着你，
相信你王者归来。

奇迹般的，你来到我们面前，
健硕的步伐，挺直的身板。
沐浴着太阳的光辉，
眼中尽是对未来的期盼。
眼前，道路磕磕绊绊，
远方，璀璨华灯盏盏。
我们泪流满面，我们坚持不怠，
追随着你，
祝福你国泰民安。

转眼间，你带我们来到幸福的彼岸。
你新生的现代化躯体，望不穿，
你绽放的新时代理论，阅不完。
经济，国防，科技，生态，
蓬勃着，登上世界的舞台。
我们泪流满面，我们笑声不断。
我的祖国，
您有我血脉的羁绊，
我的祖国，
您是我心灵的港湾。

自豪着，走进属于我们的时代。
看那巨轮上随风飞扬的风帆，
在阳光下倒映的，
是我们前进的姿态。
勤劳简朴，我们在谦逊中豪迈，
开拓创新，我们在继往时开来。
不忘初心，牢记使命扛重担；
志存高远，勇做时代弄潮儿。
我们泪流满面，我们激情澎湃。
我的祖国，
这是我们的舞台，
我们要去追逐，
那光芒万丈的未来。

丁酉年游渝东所感

四川大学高分子科学与工程学院　徐　豪

　　丁酉年仲夏，余一时起意，孑然一身，自蜀中起行至万州。

　　恰逢初霁，睇昀而去，高山景行，寒轻雾重。青峰偃蹇，碧石如磬，山间有疃四围，栾树其禾，山下大路交通，香樟蓁蓁。芯蕬桤桤，游中葳蕤，举首遥望楚天，低眉轻搂残红。群峦之间，有江通其中，万里奔腾，涵澹澎湃，礧雷碎石，浩荡磅礴，只将那世间金银藏于水波之中，又要把那白驹生吞。千峰竞秀，万壑争流，云峰直捣乾坤，大江挟卷苍茫。几多妙龄旖立仄径，八九亭台坐落江奥，绿树荫浓，水晶帘动，一片美景，殊不知竹君曾囚之于此也。

　　昔者竹君，舍生取义，扬革命大业。虽囚于狱中，然百般胁诱终不屈，一片丹心死志。梦断香销玉已殒，宁知此为归骨？

　　其身虽死，而其志则流于世也！今大千时代，虽益州地动，未撼民众志成城之心；沙场兵戈，难摇百姓欲求和平之念。虽茅舍天灾毁之，亲房人祸去之，物之乏困，惟啼口啾啾之，然若求生之心不死，蕙心之志仍在，万民皆可寄希冀于未来，则可不忧往，不悯来，重建所失之物也。反之，官者，权也。本应奉法守职，当有动不轨之心于财物，则纵其集才学于一身，路人皆得而鄙且唾之，远近不容之。近年，数官庸政，更有诹生舔痔结驷，然布衣不畏强权而检举之，是以财物浼其志，虽万贯家产，物厚而志浅，百姓又何惧之。

　　吾思自身，今之世物欲横流，欲以志为先而物为后，诚难矣。吾亦未尝不数次先欲利而后精神耶？然吾每日数省吾身，不求为圣，但为己良心矣。人活，若心已死，皮已木，灵已朽，堕于阛阓之中，生有何意？若人死志犹在，虽死后无物可携，其志也可与天地并寿，如永生也！命由天定，而生由人为，南槐一梦，安能做汉世老人哉！

　　乐天三黜，物失而灵以升；朱子四勿，灵未至而争物。武帝后人奸之，弑亲而弃之灵也；玄德百姓拥之，亲民而弃之物也。今大学生当不驰空想，不骛虚声，鸟随鸾凤，人伴贤良，见善者如不及，见不善如探汤。五德具，五典并，方显中华精神之本色。

　　今吾执笔于此，所思者，当少年风发，挥斥方遒，谢履逐于野路，扁舟济于江湖，三两短歌怀古，八千壮志黄土。当不求马融梦花，杨凭佟泰，但求陈涉死国，韦忠佳器。愿天下布艺竭精，赴社会主义之懿范；烈士蹈火，壮东方雄鸡之威武。安能屈于物下，为五斗之米折腰者哉？

孔雀向前飞

四川大学生命科学学院　刘岩岩　舒鉴波

序：孔雀东方起，已是四十年，其间多故事，不得不谈焉。

刘家有公子，生长和平年，不思盘中辛，不知劳作苦。其亲望成龙，志微如蚁虫，家亲苦相劝，奈何本性坚。

适逢生辰日，大母归相望。家人齐聚饮，相谈亦正欢，转眼日过半，商议往酒店。忽闻争执声，众人齐相顾，缘起刘公子，游戏贪欢玩，不愿挪身去，家母正斥责，小子亦羞愤，大母来相劝，此事稍作息。

观其游戏机，大母引思绪，相顾谓子孙："科技转瞬异，时代日月新，思吾年幼时，何见如此物！"其母同相和："大母言甚是。思我稚子时，众孩聚欢玩，不过滚铁圈，何如今小子，所玩此般多。"

大母复叹言："此犹堪为乐，思吾年幼时，何能见铁圈？千户聚金器，万家夯良田，滚滚浓烟起，举国炼钢铁。三岁需刘麦，四岁能割草，劳作尚且辛，无暇思欢玩。众农成公社，万户同作粮，待得秋收日，家家共分食，人员皆散漫，岁末难分粮。同吃大锅饭，实为菜叶汤，众人难果腹，小儿怎饱食？饮食在公社，百里无炊烟，何家存私粮，全社同唾嫌。诸般各有量，布匹亦短缺，身上一身蓝，新旧各三年，重重经缝补，再与子女穿。经年食糙米，煮菜无油盐，岁末杀猪羊，方知有肉香。回思曾经日，宛如又当时，记忆由刻骨，惶恐再思之。"

字字皆心酸，凄凄更难言。众人皆缄默，家母欲相劝："幸有开放日，春风满青山，南海书华章，四市竞发展！包产各到户，众人齐尽力，所获即所得，干活争攀比，秋风抚金浪，穰穰更满家。万民有温饱，各业齐回春，公路通南北，火车往八方；飞机任天高，轮船纵四海；高考已开放，大学塑人才；英杰争涌现，科技高发展；丁丑和己卯，七子再聚首。全国共奋斗，复开新篇章！"

小子闻其言，亦深感叹之："千禧新时代，世贸迎新贵；大国新姿态，对话在博鳌；不幸遭非典，听党共行动；雪龙到南极，人类首登峰；天宫空间站，民族新荣耀；蛟龙伏深海，航母慑远洋；神舟上太空，一代航天梦；嫦娥奔月去，魂牵已千年；八荣与八耻，建设新文明；科学发展观，经济新动力；白灾从天降，全民抗严寒；汶川大地震，八方齐支援；奥运到中国，健儿创佳绩；两岸迎三通，历史新步伐。世博在上海，万国同聚首；经济高增速，全球称榜眼；亚太新合作，领航看中国；一带与一路，中国领导力；量子新卫星，探索新领域；召开十九大，复兴中国梦；科技走前列，精神同跟上，全民重知识，发展重生态。展望新未来，富裕现代化，创新树新风，实现中国梦。改革新篇章，中国创辉煌！"

小子话已毕，低眉复思量，期间望大母，脸色忽绯红，踌躇不敢言，良久怯声道："大母一席话，深感生之幸，国家正前行，吾岂能止步，当振鸿鹄志，共筑中国梦！"

其亲甚慰之，谓有麒麟儿，众人皆欢笑，大步向前行。

今风云时代，还看向东方，孔雀已振翅，一飞定冲天，亿万洁羽动，其势向前方！

新时代赋
——中国·四川·川大

四川大学文学与新闻学院　张　铭　索源悦
四川大学机械工程学院　郭义琦

　　粤以己丑之年，国开一笔，重书史序。泱泱中华，激澜浩荡。巍巍九州，终开华章。夫忆峥嵘岁月，翔鸿赴国殇。鸿猷伟业，壮士志气长。井冈山上，胜利会师，旌旗在望。黄洋界旁，敌军难遁，鼓角相唱。巾帼江姐，转舵勒缰。川蜀陈毅，力挽涛狂。龙蛇大海，吴玉章虎胆撼敌顽。鲲鹏九霄，谭祖尧就义壮雄峦。星星之火，邀以燎原；铮铮铁骨，凛以浩篇。为国赴难兮，红军将领共济时艰；为民取义兮，英雄浩气长留人间。

　　至若戊午之年，新兴时代，跃马扬鞭。熠熠华夏，肃恭荐享。烨烨鸿章，复开新篇。改革开放，金秋气象。包产到户，饥腹饱飨。渔村一变，经济辉煌。信决胜于京津冀，诚瞩目于长三角。筑天宫之伟绩，旋墨子而铿锵。方驰高铁于奓野，又骋航母于覃洋。承前启后，前路未央。政通人和，百姓小康。乡村振兴，藩屏永靖。攻坚克难，迎难而上。凉山阿坝，主席来访。四个全面，走中国特色。五位一体，履时代使命。

　　大学之务，青年之责。精研旨要，彻悟鸿猷。怀传统文化之瑜，煮酒论古。握革命文化之瑾，浪遏万阻。系核心价值之佩，讲信修睦。百廿川大，夫双一流。海纳百川，引府河锦江之水；壁立千仞，接西岭峨眉之庐。新时代，新学堂，新青年。雄心立，胸臆展，壮志凌。而今迈步新路，再辟时代征途！

满江红

四川大学电子信息学院　黄朝熠　陈远航

旭日初升，琼峰立，云霄始见。凝望眼，几多风雨，聚仇遗恨。忠义豪杰护江山，华夏儿郎震乾坤。复前进，家国一心齐，雄狮醒。

内改革，迎盛世。外开放，得繁华。壮志酬，尽逐百年梦。风云变幻时代替，意气风发少年兴。敢争先，自有满腔血，誓洒尽。

年轻时

四川大学商学院　徐通达
四川大学法学院　寿奕菲

爷爷年轻时，
偷偷离家参军，
青春是抗美援朝的一腔热血，
回乡后在乡村学校做了一名教师，
那时已是乡村里的优秀人才。

父亲年轻时，
想要摆脱乡村的贫穷，
青春是改革开放春风中的不懈奋斗，
通过读书从乡到县到城市，
知识和奋斗改变了父亲的命运。

我正当年轻时，
追求着更加美好的明天，
青春是在新时代中的探索追求，
满怀着个人梦想的宏图，
肩负着时代与社会的责任。

历史送走了一代代人，
历史迎来了一代代人，
有无数正值青春年华的"我"，
正成为创造时代的新生力量，
正为中华民族的伟大复兴而奋斗！

这是一个前所未有的时代！
科学技术的高速发展带来了舒适便捷的生活，
世界的融合带来了文化的交流与碰撞，
它带给我们了新理念、新技术、新手段，
也带来了安于现状、茫然无措的弊端。

作为新时代的青年，
在这个纷繁复杂的世界里，
我们有责任、有能力、有激情
去完成一代人对社会应有的贡献，
站在巨人的肩膀上看得更高。

青春年少，拥有无限可能的我们，
应胸怀梦想并勇敢追寻，
对个人境界的追求，
对美好生活的向往，
需要我们能奋斗、能付出。

意气风发，承载社会希望的我们，
应以复兴民族为己任，
在培养自身思想文化素质的同时，
带动身边的人共同奋斗，
做一个能奉献，有担当的人。

我们肩负复兴中华民族的时代使命，
不忘记一代代人青年时对祖国的贡献。
有梦想、能奋斗、有担当、能奉献，
是我们青年一代应有的优秀品格！
追求祖国的繁荣富强，
是我们青年一代应有的远大志向！

逐梦美好生活　争做时代新人

四川大学电子信息学院　张子涵　唐正伟

逐风劈浪寻真心
梦承华夏五千年
难忘美景遍中华
好善乐施满大地
生逢盛世高歌进
活于今朝奋勇行

争谦足实铭使命
从来不舍忘我勤
时亨运泰计明年
代代相传筑梦园
新城新貌齐发展
人文人本共和谐

散文

忆往昔·望今朝

四川大学公共管理学院　陈　颢

　　岷山峨峨，江水泱泱，丙申之年，与你相遇。一口古钟，一扇红门，抑或一片银杏，绘写时代华章。一百二十二年的风风雨雨，四川大学协同时代发展的步伐迈向今朝。

　　忆往昔，离不开历史的追溯。进校两年，谨记四川大学的发展历程。上溯至汉代文翁石室，开始深厚的文化积淀过程。后至原四川大学、原成都科技大学与原华西医科大学，三校鼎立，各有所长。心系国家之发展、人才之培养，为促进高校实力提升，历经两次重大合并改革。作为高校体制改革的先锋，四川大学无畏亦无惧。浪潮之上，有艰难、有险阻，却不曾成为发展的绊脚石。在2000年完成强强合并后，人文炳蔚的望江楼、灵秀毓美的华西坝以及水波荡漾的江安河成为四川大学闪亮的名片。"西南第一校"闯进国家985高校行列，蜀道之难不能阻碍走出去的步伐。搭乘时代的快车，不满足于现状，于2017年走进"双一流"名单，佳讯一波又一波。身为川大人，为她每一次进步而喝彩，为她每一次发展而骄傲，更为自己有幸成为其中的一分子而自豪！脉络在一遍一遍梳理中变得清晰，巍巍学府在漫长岁月中保留其夺目的光彩。历史，让人回味，又让人感叹。

　　忆英雄，忘不了杰出的人才。何为高校？在一代又一代的更迭中，教书育人之理念未曾改变。百年历史，卓越贡献，于川大的滋养下，又怎会缺乏贤才俊彦？灿若星辰，难以计数，我们不曾遗忘。学生身份，不仅仅寄托父母期望，更承载与肩负家国之兴衰。常惊叹江姐的隐忍与不屈，而在国立四川大学求学的她，以生命之歌献予人民、献予社会，引领川大学子团结奋斗。真正的才华莫过于腹有诗书又有兼济天下的情怀。何为风景？最爱那句"明月装饰了你的窗子，你装饰了别人的梦"，卞之琳曾在国立四川大学的讲台留下宝贵的足迹。满是诗意的情景，如水般自如、如云般自由，而今的四川大学在三个不同的地点，也成了独特的风景。一池荷花、一地银杏，全是于生命中留下的最好景色。人杰地灵，所谓俊彩纷呈怎会被岁月尘封？

　　望今朝，怀揣川大梦想，成就川大未来。一次次在重大课题中展现实力，莘莘学子学而报国。一次次在世界一流建设中加快步伐，川大以实力面向世界。"海纳百川，有容乃大"，是川大之气魄与胸襟。西南首府、蜀地之秀、成都之星，四川大学同时代共发展。群英荟萃，走过艰难岁月，而后未来可期！忆往昔，望今朝，借以岁月之歌，奏响时代华章！

年 轮

四川大学商学院　王羽洁

中国地图上如图钉般大小的一片群岛,却是东海上璀璨的珍珠。

大海上的群岛上空白云茫茫,宛如思考了上亿年的头颅,白发苍苍。故乡是衰老的,人们听闻舟山群岛之时,它已沉静地伫立一亿年,所有盎然的新事物就如新叶蓬勃了整片树冠,而风吹雨打也只是枯荣了它的枝叶。

我的故乡是一株生长了亿万年的树,根须紧扎广袤的东海,她岁岁年年增添着一圈圈的年轮,静默而欣慰地凝望着日渐繁荣的树冠。

我犹如一片飘荡的树叶,离乡已久,身处遥远的蜀地,时间一长总有什么令人魂牵梦绕。有时坐在车内靠窗的位置,远近皆是密密麻麻的红色尾灯,渐显渐隐,有如诡谲之眼,每隔十几秒晃过一团白色亮眼的路灯,明明是喧哗的都市,在夜色与一层薄薄挡风玻璃的欺瞒之下竟猛然陷入一片压抑的死寂,像被弃置于雪后寂静得喘不过气来的荒原。此时,我闭上双眼,宛如一个冗长而又绮丽,缠绵跨越半个世纪的梦,记忆中掩埋已久的碎片就会次第浮现。晃眼的日光笼罩着仄歪的胡同,坑洼的石板东一块西一块,一条路就这样延伸着。油条的香味充盈着湿润的空气,隐约作响的古钟挂在村口的老树上,树下卖菜的小贩懒散地瘫在一旁休憩。有人在夏日的午后和着蝉鸣哼唱无人问津的渔歌号子,嘴里叼着的烟头宛如天上一明一灭的星光⋯⋯

那些栖居树冠的岁月,一轮一轮如墙上剥落的日历,因共同见证与刻画而变得愈发清晰,历历在目。

- **朝面村——1978 年**

"站起,来来来,都站起啦!嗨嗨,小后生不要再皮了,老祖宗要站中间,晚辈都站后边!"小男孩头顶随即被弹了一个"嘭",聒噪的人们立马安静了,一个个腰杆挺直,两脚立定。"咔嚓",黑色的怪物发出一声与体型极其不般配的轻微"吼"声,白色的光束转瞬即逝。无论事先做了多么充足的心理准备,老祖宗还是略微受惊,禁不住"呀"地叹了一声。

从此堂上多了那样一张"画",一户人家近二十号人,远近亲戚都挤在"画"内,所有人都面朝着这片土地,清一色龇着牙傻笑着,背后是新盖的砖房。

这是一个并不早,也并不晚的春季,一切光景都刚刚好。阳光以它最灿烂的姿态洒在大地上,地里不知谁家的庄稼探着青青的脑袋,不住地微笑、傻笑、大笑⋯⋯

一群人都围着绿葱葱的小丘陵,争先恐后地靠着山根,铺展出来的是扬尘的红泥路,夹道都是一户户亲手盖起的石房或砖房,黛色的瓦片整齐地码在屋顶。这里是"朝面"村,走在路上,即使挑着沉重的扁担,人人都面朝蔚蓝的天,腰杆都是笔直的,村

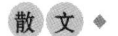

里的广播每日都不闲着,热闹地播着中央政策,那些引人驻足并侧耳倾听的政策。

　　这里是我奶奶家,这张照片拍摄于我出生前的 20 年。朝面,朝面,从此仰面过上新日子。

• 老码头——2000 年

"我要外公讲故事！买油条！"

那年我四岁，睁眼即是 21 世纪。

我最喜欢外公，这个永远笑呵呵的老人。每每到外公家，我常拉着外公的衣角，嚷着求他用地道的方言讲码头的所见所闻，这个想象力最丰富的年龄，我却不愿同其他的女孩一般，拿着红头巾扮小红帽，而是一天到晚像尾巴一样黏在外公身后，听他讲顺口溜一般地说："卖油条，买油条，外甥女，笑眯眯……"

每次午饭后，他总半眯着眼，拍着衣袖，龇着一副并不怎么整齐的牙，晃荡晃荡地往外走。我一看准知道他要散步去，便像小狗一样地在他身后嗥叫，叫得满头大汗，满脸通红，他才冲过来大叫一声，也把我当小狗一样一把举过肩头，一耸一耸地扛过门，一耸一耸地扛上石板路，一耸一耸地边行边问。

"囡囡要去哪儿？"

"去老码头！"

"老码头有什么？"

"大油条！"

"成天想着大油条！还有呢？"

"呜呜响的轮船，难闻的鲜鱼，还有长得很丑的外国佬……"

这段对话曾说了无数遍，我也准会无数次地如愿得到油条。所谓的老码头，却只是一个临海的港口。

只记得坑洼的道路，正照的太阳，地上洒下婆娑的歪影，我惊叫道："月牙！"外公责怪道："总不长记性，这是坑洼石头的影！"愉快的散步，对外公来说是助消化，对我来说却是勾食欲。我从不用走，也不用背着什么，偶尔有一些陌生的脸庞正对我的脸大叫："呦！外甥女！"接着要抱我下来，后来才知道，我把外公累得够呛。当最后一车食品快被推走时，我总会得到一根香喷喷的油条，放在嘴里嚼着、品着，最后只记得外公放大了的笑脸。

如今，油条的香味已被时光泯灭，外公的笑脸也布满了皱纹，坑洼的石板路变成了气派的柏油路，形形色色的汽车川流不息。只是不知何时，这里也成了中国最大的天然渔港，世界三大渔港之一——沈家门渔港。

然而老码头依旧是当地人口中那个"老码头"，老码头依旧残留着我降临世界第一站的痕迹。谈起所谓的"渔港"，老一辈听罢，只不过拊掌一笑，"兜什么？（不值得炫耀）住这儿舒坦倒是真！"

- **万金湖——2008 年**

  火烧云上来了,整个天空,凡是看得到的地方,都被泼上了不同层次的暖色,像一个孩子亲手用蜡笔涂上去的一样,并无什么规律,却充满了美感,有细小的金边,打着卷儿,有长长的红带,小河般蜿蜒,金色的光芒一束束、一丛丛。

  真是天地两条万金湖。

  我家就在万金湖边上。

  放假蛰居在家时,唯一的运动便是每日晚饭后散步。这日趁着火烧云,我们一家三口走得比往常远了不少,顺势去观赏闻名全舟山的大型音乐喷泉。我们前面是一群散步的老人,他们说笑着,柔媚的南方口音传得远远的,笑容溢满了刀刻似的皱纹。其间有一对老夫妇,年纪较大,相互搀扶着,奶奶嫌爷爷不如她这个老太婆走得快,爷爷便耍着孩子脾气追赶奶奶。于是,两个身影闪动得更快了。

  不远处的喷泉广场开始喧闹起来,有位老奶奶一手拉着孙子,一手拿着苹果,乐呵呵地说:"这个苹果我孙子咬过,我吃了指不定返老还童!"一旁的老爷爷聚精会神地打着太极。半晌,喷泉表演开始了,绚丽的色块撞击眼球,恍惚之中,宛如倒映着整个舟山的万家灯火。

  火烧云丝毫没有减退,反而到了高潮。溪边石子路上,有些老爷爷伴着潺潺溪水声切磋功夫,还一边闲聊着北京奥运会的事儿。散步的人也回来了,做起了节奏欢快有力的操。转角口,一块小小的空场地,响起了音乐,许多老奶奶跳起了扇子舞,顷刻间,那里流动起许多波浪,绘尽她们一生的起伏。

  抬头望着火烧云逐渐褪尽的夕阳,不禁令人思潮起伏,夕阳无限好,岂恐近黄昏?

- 金山村——2017年

习主席到访舟山群岛时，我正骑着一辆小小的电动车，在金山村纵横的田间小路上飞驰。

风，迎面吹来，一路上的尘埃顺从地跟着跑，霎时淹没了我的车辙，不规则的田野里沉睡了一夜的小生灵都骄傲地抬起自己的头，又纷纷不约而同地低下头向风行礼。

金山村是舟山本岛一个不那么起眼却又分外祥和的村庄。田野里的太阳花毫不吝啬地把美展现给到访者，在阳光下越发鲜艳。蝴蝶早早飞来，忙碌地遨游花丛。在被时间侵蚀得拥有中国画味儿的屋顶上，肥胖的斑鸠抢夺着地盘。远山的朦胧与灰色相交，就像羽化了似的。

心里有一种说不出的单纯的安静，却又隐隐躁动，我憧憬着什么又喜悦着什么，像嚼着一把甜蜜的什锦糖。

时隔不久，再次来金山游玩时，村口乘凉的张奶奶告诉我："做梦一般的呢！舟山要建第一条高铁线！居然以我们这个针眼般大的小村子作为终点，竟不用搬山也不移地。工地已经成型了，你看那儿，还有那儿……"

村民们提到这事儿，脸上洋溢着一种难以言表的激动。他们的快乐不经意地流淌到我心底，这是一种让人琢磨、让人期盼的快乐。

金山村，自古以来从未有过如山的金银，漫漫岁月，它似乎拥有一种胜过金银的宝藏。

散 文

时光不疾不徐，年轮般记录着故乡不同的境况与沧桑。用流年的笔触划过时光的长河，几十年的沉淀酿成生命的烈酒，无数杯酒连缀着沉醉了半个世纪。

　　我是一片故乡孕育的树叶，栖居于这棵大树的树冠。白云苍狗，沧海桑田，我珍藏着愈发绚烂的风景，不经意间触摸到整个时代的脉搏……

铜牛首的自述

四川大学商学院　罗宇峻　余佳奕

"国宝怎么能在外面，当然是要交给国家。"

对，是不是很耳熟，我其实就是前段时间网上很火的段子里面的主角，那个要被交给国家的铜牛首。

但其实，真正的我，和网上流传的段子不太一样，我已经安安稳稳地待在了祖国，放在玻璃的陈列柜里，博物馆的灯光折射着我金属色的光泽，我能看到一双双赞叹的眼，以及眼睛深处沉痛的悲哀和愤怒。偶尔我隔着玻璃与猴首、虎首对望，总不免想起那时我们在海晏堂前围池而坐，堂前柳明，堂下新燕，灯烛下的我们，是一代无法替代的传奇。

也不免会想到，海岸那头的龙首，还有不知何处，亦不知是否还完好无损的蛇首、羊首、鸡首、狗首。

我知道，我们还代表着一个曾经沉睡的民族，伤口在过去的一百多年里淌着殷红的血，红得触目惊心。

我能听到国人的每一声呐喊，看到每一次被拍卖流失文物点燃的怒火。我恰好认识昭陵六骏，我痛心停蹄在宾夕法尼亚大学的"飒露紫"和"拳毛䯄"，战空中的嘶鸣再也没有交汇过。还有那曾在敦煌封存了几百年的唐刻本《金刚经》，经书上的梵文在大英博物馆的灯光里难以宁心。

我知道，每一次发声，都是我的民族为捍卫她的文明做出的努力。我也能从每一个痛心疾首望向我的目光里，读到那种想要快一点变得更强大的愿望。我听说，那叫中国梦。

我永远也忘不了，当我从西洋楼离开后，在战火和硝烟里，离开了中国的国土，几经颠沛，几番流离，当保利集团代表着愤怒的国人，从拍卖者的手里以极其高昂的价格夺下我时，苏富比外空飞扬着的国旗。轮渡鸣着汽笛，将我护送到我阔别了太久的故土，汽笛声回荡在维多利亚港的海空，像东方古国悲痛而愤怒的长啸，又像复兴的号角在奏鸣。

我知道，经过我身边的年轻的面孔，新一代的华夏子孙，为同一个梦想，为同一个关于民族复兴和强大的目标奋斗。我很多老熟人，已经被这个日渐崛起的国家，凭借如今强大的综合国力，以保护姿态珍藏在了我们的故土和家园，回归到我们代表的古老的传统文化里。而中国网、中国路、中国桥、中国车……那些被标上鲜明红色的创造正在新的历史视角下彰显这个古老文明国家的新面貌，所有的声音呼喊着"两个一百年"的凌云壮志，"中国制造"正成为能和我们这些老家伙比肩，留给世界各国的关于这个东方古国的印象。

我从走过的人的瞳孔里望见沉痛的历史、安然的现在和希冀的未来。万家灯火映照着博物馆里微弱的灯光，我很久以前常常期盼的太平盛世终于由面前的人们创造了出来。

越来越多的年轻的面孔，在我的展柜前，眸光熠熠，我希望我能内化成他们的骨梁，我希望文化自信能成为他们心底最强大的力量，让他们在肩挑民族复兴的大任时，骄傲于其所继承和保护的文明。

我听到他们心底的呐喊，我感受到那种穿越整个文明历程而流淌在他们血液里的磅礴力量。阳光下的他们，一定会创造出另一个无法替代的传奇。

文化润心

四川大学经济学院　胡云鑫

我曾穿过长长的历史文化长廊，中间是潺潺流淌的景观水道，仿佛间有种错觉，我在川大历史的河流中，追根、溯源。

翻过一页又一页的校史台历，从治校名家到时代先锋，从人文大家到科技精英，群贤毕至，鸿硕俊彦，灿若星辰，高山景行，泽被后昆。不仅有吴玉章、巴金、张澜先生这样的知名校友，还有林则博士这样令我印象深刻的外国校友，这位"中国现代的牙医学之父"、华西口腔科的创建者，竟是一位来自加拿大的牙医传教士。川大的文化血脉，兼具了巴蜀文化的柔情与西方文化的坚实，"海纳百川，有容乃大"，我也更能理解这句校训所包含的深意。

文化血脉，是前人与我们割不断的纽带。

我曾看过感动川大人物评选活动，他们中有的人创新创业，锐意进取；有的人身残志坚，百炼成钢；有的人恣意人生，立时代潮头；有的人热心公益，有一颗兼济天下之心。川大容纳了各种人才，拥有着各种各样的可能性，我看到自己的渺小，但我们都是不可缺少的，我们都在传承着川大的文化血脉。

我渡过的滔滔长江是毛泽东曾酣畅畅游过的。

我穿过的川大校门是朱德曾深深凝望过的。

我还能看到巴金记忆里最美的风景。

我还能感受到江姐离开川大奔赴革命的决绝性情。

我还能瞥见红梅在江安河上深深浅浅的倒影。

我还能上下求索前人所言的知与行。

记得去年央视曾播出过几档关于中国文化的节目，我尤其喜欢《国家宝藏》。作为陕西人，我在古城西安生活过，我知道即使到了千年以后的今天，它依然深受唐文化的影响，即使从仅剩的遗迹也能瞥见这里曾经的灿烂文化。我也因此一直热爱着我们所拥有的这种文化。

我读过的云梦秦简是秦人曾敬畏过的。

我去过的大明宫是唐人曾瞻仰、万国曾来朝拜过的。

我走过的关隘是六国曾经逡巡而不敢进的。

我驻足远眺的城楼是岳飞曾经坚定守卫过的。

我现在能驰骋的西北草原是霍去病曾经为之而奋战过的。

我现在能遥遥望见的宝岛台湾是郑成功曾经心之所向的。

我还能吃到苏轼当年手不停箸的红烧肉。

我还能饮到李白当年举杯邀月的花间美酒。

我还能在众多浩劫后读到前人的筋骨血肉。

我热爱这片土地，热爱这片土地上绵延数千年的历史与文化，热爱创造这文化、这历史、这家园的人们，热爱人们心中所拥有的不可思议的精神与力量……这些完全可以被赋予"伟大"二字。

历史使人明鉴，文化可润后人心肠。走在强国路上，当我们心中拥有对这种文化的自信，就多了一分对我们国家的信心，多了一分对美好生活的期望。

国家、个人当如是，一步一脚印，一步一回首，不去计较每一步的速度，不为外力的干扰而彷徨，希望在眼前，而路在脚下，自信在心中。

提醒青春

四川大学化学工程学院　龙静原

"所有的结局都已写好/所有的泪水也都已启程/却忽然忘了是怎么样的一个开始/在那个古老的不再回来的夏日/无论我如何去追索/年轻的你只如云影掠过/而你微笑的面容极浅极淡/逐渐隐没在日落后的群岚/逐翻开那发黄的扉页/命运将它装订得极为拙劣/含着泪我一读再读/却不得不承认/青春是一本太仓促的书"——席慕蓉《青春》

林花谢了桃红，太匆匆。流水落花春去也……时空旋转飞逝如电，莫等闲，白了少年头，空悲切。

习总书记说："青年是标志时代的最灵敏的晴雨表，时代的责任赋予青年，时代的光荣属于青年。……"

人的一生只有一次青春。现在，青春是用来奋斗的；将来，青春是用来回忆的。人生之路，有坦途也有陡坡，有平川也有险滩，有直道也有弯路。我们青年面临的选择很多，关键是要以正确的世界观、人生观、价值观来指导自己的选择。

古人有言，"士大夫三日不读书则面目可憎"。又说"人之气质，由于天生，本难改变，惟读书则可以变其气质。古之精于相法者，并言读书可以变换骨相"。

"人生的黄金时期在青年。青年时期学识基础厚实不厚实，影响甚至决定自己的一生。广大青年要如饥似渴、孜孜不倦学习，既多读有字之书，也多读无字之书，注重学习人生经验和社会知识。"可以说，读书，尤其是读好书，乃是最简易可行的美容术，因为读一本好书就是在和第一流的天才以最精粹的语言对话：李白、王维、李清照、莎士比亚……都住在你的书架上，随请随到，他们会向你展示其灵魂深处最美的言语，这些言语，美化了你的心灵，也同时美化了你的容颜。平时所谓的风度高雅，所谓的气质高贵，所谓的眉目清朗，所谓的有书卷气，都是勤于读书的结果。

读一读周国平，培养一点哲学思维，深刻的思想。人生中一切美好的时刻，我们都无法留住。那么，一个人的生活是否精彩，并不在于他留住了多少珍宝，而在于他有过多少想留而留不住的美好时刻，正是这些时刻组成了他生活中的流动盛宴。

许多人所谓的成熟，不过是被世俗磨去了棱角，变得世故而实际了。那不是成熟，而是精神的早衰和个性的消亡。真正的成熟，应当是独特个性的形成，真实自我的发现，精神上的结果和丰收。

你的身体尽可以在世界上奔波，你的心情尽可以在红尘中起伏，关键在于你的精神一定要有一个宁静的核心。有了这个核心，你就能成为你奔波的身体和起伏的心情的主人。

挪威科学家南森说过:"人生至要之事是发现自己,所以有必要偶尔与寂寞为伴,与沉思为伍。"可以说,人生最好的境界就是丰富的安静,深刻的单纯。愿我们青年朋友,都能够有自己的知识大厦,有一定的哲学高度。

读一读傅雷,去感受字里行间的脉脉温情,获得一些如春风化雨般的鼓舞。人生少不了会有苦闷的日子,尤其是在年轻的时候。很多事情,当我们年轻的时候不曾懂得,而当我们真正懂得时,却已不再年轻。因此,年轻的时候能有一个大几十岁的人出些主意,做人生路上的一盏明灯,我想这对任何人来说,都算得上一件幸福的事。

"人一辈子都在高潮——低潮中浮沉,唯有庸碌的人,生活才如死水一般;或者要有极高的修养,方能廓然无累,真正地解脱。只要高潮不过分使你紧张,低潮不过分使你颓废,就好了。太阳太强烈,会把五谷晒焦;雨水太猛,也会淹死庄稼。我们只求心理相对平衡,不至于受伤而已。"

愿你我都能拥有一个既热烈又恬静,既深刻又朴素,既温柔又高傲,既微妙又率直的世界,争取早日成为一个有理想、有热情而又有较强理智的人。

去读一读路遥,去亲近那一个个平凡却不平庸的人,看看他们是如何在各自所生活的平凡世界里努力奋斗的。正如书里所说,"生活不能等别人来安排,要自己去争取和奋斗;而不论其结果是喜是悲,但可以慰藉的是,你总不枉在这世界上活了一场。有了这样的认识,你就会珍重生活,而不会玩世不恭;同时,也会给人自身注入一种强大的内在力量。"一代人有一代人的青春,没有哪一代人的青春之路是一帆风顺的,青春的底色永远离不开"奋斗"两个字。正如习总书记教导我们的,"现在,青春是用来奋斗的;将来,青春是用来回忆的","奋斗本身就是一种幸福。只有奋斗的人生才称得上幸福的人生"。

愿年轻的你我都能从中获得足够的勇气与力量去设计自己的未来,迎接属于自己的盛放。

读一读苏轼、王维,读一读莎士比亚、川端康成……要做的事,要读的书实在太多了,我们不得不吝惜光阴。你得随时提醒自己,你的苦闷没有理由。什么时候我们能够正视彼此,不再互相隐藏,也不只是在文章里偷偷地写出来?什么时候我们才肯明明白白地将这份真诚在我们有限的生命里向自己交代得清清楚楚呢?

现如今,我们青年有着大好机遇,而关键是要迈稳步子、夯实根基、久久为功。眼高手低,心浮气躁,朝三暮四,学一门丢一门,干一行弃一行,无论为学还是创业,都是最忌讳的。"天下难事,必作于易;天下大事,必作于细。"成功的背后,永远是艰辛努力。

"世界是你们的,也是我们的,但是归根结底是你们的。你们青年人朝气蓬勃,正在兴旺时期,好像早晨八九点钟的太阳。希望寄托在你们身上。"毛主席的话是对我们青年最殷切的期望。"青年兴则国家兴,青年强则国家强。青年一代有理想、有本领、有担当,国家就有前途,民族就有希望。中国梦是历史的、现实的,也是未来的;是我们这一代的,更是青年一代的。中华民族伟大复兴的中国梦终将在一代代青年的接力奋斗中变为现实。"这铿锵有力的话是习总书记对我们新时代青年的寄语。

年轻的朋友,不要因为来不及反省,来不及演绎,甚至来不及后悔,就已经匆匆走过了青春，走过了最浪漫的一段时光。

　　坚定理想信念，志存高远，脚踏实地，勇做时代的弄潮儿，不忘初心跟党走，青春建功新时代。在实现中国梦的生动实践中放飞青春梦想，在为人民利益的不懈奋斗中书写人生华章。等到那时，回望走过的路，虽然没有惊天动地的辉煌，但是每一步都踏实、无悔。

寻根·铸魂·圆梦

——从千年民族精神看青年责任

四川大学计算机学院　高念珍

寻根、铸魂、圆梦，这本是习总书记对华裔青年所说的话。可当我读到这六个字时，却发觉自己竟然不解根、魂、梦为何物，又何谈逐梦美好生活、争做时代新人呢？我便开启一段寻根逐梦之旅。

（一）亘古千年

盏中茶暗香冉冉浮游，正读至"西风凋碧树，独上高楼"，长风吹乱书页，梨花不胜枝头，半本诗书说来是一句清愁。

可诗中却不只有清愁，诗中流淌着历史的长河，吟唱着千年的长歌。

山野林地，坎坎伐檀声中，我看到一群袒露的脊背上迸发出的"不稼不穑，胡取禾三百亿兮"的悲怆；

湘江水畔，诗人踽踽而行的背影里，我听到悲愤的灵魂发出"长太息以掩涕兮，哀民生之多艰"的叹息；

冰塞黄河，雪拥太行，拔剑四顾的目光里，却是"长风破浪会有时，直挂云帆济沧海"的信心；

秋风秋雨，举步维艰，老者倚仗的叹息声中，却是"安得广厦千万间，大庇天下寒士俱欢颜"的博大胸襟。

信步三百米甬道，阅历五千年沧桑。泱泱华夏千年，民族的骨气注入诗人的高歌引吭或踱步吟哦。社稷千秋，祖宗百世，几多荣辱沉浮，几度盛衰兴亡，掩去帝王将相的正史，却掩不住民族精神的光耀。坚定的信念植根于中华民族的不甘耻辱、不屈不挠、自强不息、奋发图强的精神中。

（二）动荡岁月

炮声隆隆，硝烟滚滚，中华民族迎来了最艰难的数十年。

从林则徐虎门销烟、谭嗣同英勇就义、孙中山振兴中华，再到井冈山武装起义、红军两万五千里长征、抗日战争，中国大地上上演着一部可歌可泣的中华民族奋起抗争史。

自鸦片战争以来，在振兴中华的呐喊声中，在反压迫、反侵略的过程中，形成了反抗压迫、维新图强、自强不息、爱国救亡等革命精神，在国家安危、民族存亡的历史关头，中华民族表现出了"同仇敌忾、众志成城、前仆后继、救亡图存"的近代民族精神，进一步丰富和发展了中华民族精神。

（三）复兴之路

耳边响起了"我们的家乡，在希望的田野上"的歌声，映入眼帘的是清一色的蓝黑色工作服，工业化高效的大规模生产将中国经济带入了良性循环。课堂里的两代人，图书馆前的长队，那是整个民族争分夺秒追逐青春的时代。那一年，我们将工作重心转移到经济建设上来，那一年，我们相信实践是检验真理的唯一标准，我们高举着"解放思想，实事求是""社会主义现代化建设""改革开放"的伟大旗帜，迎来了中国高速发展的新纪元。

思想的突围带来了实践的突破，高度集中的计划经济体制的闸门逐步打开，一个个围绕着市场而充满活力的经济细胞诞生了，一个思想空前活跃的年代到来了。民族自信意识与民族忧患意识相结合，正在形成"万众一心、振兴中华、发愤图强、综合创新"的现代革新的中华民族精神。

（四）发展攻坚

"不忘初心，砥砺前行"，我们喊出了新时代的强音。

何谓初心？我从中华民族千年的历史走来，穿越漫长的五千年，回首动荡不安的战争岁月，再观改革开放的成果，沧桑巨变，中华民族坚韧不拔的精神却一直熠熠生辉。初心的答案在我心中渐渐明晰。

初心是信仰坚定之初心，政治选择上坚定跟党走，以初心铸魂，以实干筑梦，用一生去践行焦裕禄精神。

初心是责任担当之初心，不驰于空想，不骛于虚声，"虚"功"实"做，将理想信念内化于心、外化于行是我们的责任。

预备党员里有川大学子的身影，那是积极响应国家和党的召唤的身影；青年志愿者里有川大学子的身影，那是处优而不养尊、用真善美雕琢自身的身影；创新创业团队里有川大学子的身影，那是勇于创新、永驻青春、永葆活力的身影。

"苟利国家生死以，岂因祸福避趋之"，当需要时，能责无旁贷，果断勇敢地挺身而出，以发自内心、源自肺腑的挚爱，以脚踏实地、孜孜以求的坚守，以时不我待的紧迫感、责任重于泰山的压力感勉励和鞭策自己，经过小卒过河般的步步艰辛，经过毛竹破土般的寸寸扎根，一言一行诠释誓言，时时处处体现担当。

初心是求真学问之初心，博学之，审问之，慎思之，明辨之，笃行之。珍惜韶华，潜心读书，敏于求知，勤于发问。

团结统一、爱好和平、勤劳勇敢、自强不息是当代的民族精神。逐梦美好生活，需要我们有理想，能奋斗；争做时代新人，需要我们有担当，能奉献。

遵道而行，但到半途需努力；会心不远，欲登绝顶莫辞劳。从开天辟地到筚路蓝缕再到发展攻坚的如今，距离实现中华民族伟大复兴的目标越近，身为青年的我们越不能懈怠，越要加倍努力。在各级党委、政府为广大青年成长成才、创新创造、建功立业提供良好的环境和条件的今天，我们更应当不辜负党和国家的厚望，坚持正确航向，放飞青春梦想，要做走在时代前列的奋进者、开拓者、奉献者。让我们以改革创新的精神状态、求真务实的工作作风、更加优异的实绩，迎接中华民族伟大复兴的实现。

走出迷雾的人

四川大学华西公共卫生学院　廖诗艺

　　我曾经以为，我是走不出迷雾的人。

　　阳春四月，我们便呼朋引伴，前去山上的植物园一睹花颜。不料出发前晚急降骤雨，持续了一整晚，直到天明才逐渐转小。考虑到好友齐聚不易，便撑着伞上了山。

　　巨大的云朵在阴晦的天空翻腾，细雨空蒙，山上起了雾。雾把山锁死，也困住了刚刚踏入植物园的我们。抬眼望去，满目的桔梗残枝，衰败不已。滑腻腻的青苔生长在脚边，花朵狼狈不堪，了然无香，曾经殷红的面颊已经饱含水滴，花瓣紧紧地贴在一起，点点落红被碾入泥里。枝丫杂乱无章，横七竖八地倒在地上。然而这一切的零落萧条之象，全都被掩藏在厚雾之中。雾是风雨的帮凶，企图掩盖风雨无情残酷摧残的罪恶行径。它将种种罪证隐藏在白茫茫之中，试图阻挡世人探寻的目光，留给世人一个雾后依然是蓬勃的浩荡春景的虚伪假象。而现在，它竟然狂妄地将目睹了真相的我们困在这里。四面八方的是雾，满世界弥漫的是雾。它张牙舞爪地从树间喷涌而来，从地上蒸腾而来，从天空中屯集而来，裹挟着凛冽的风，掺杂着冰冷的气息袭向我们。漫山遍野的雾编织成一张大网，将这外来纷飞的蚊虫束缚。我们一行人在雾中探索前行，唯有彼此可以依靠。直到太阳拨开云层，强烈的阳光深深扎进雾霭中，雾气便如魑魅魍魉遇见佛光一般迅速地消散了。在清明的视野中，我们找到了出口。

　　但我知道，我心中的迷雾并没有散去。此后，我便对迷雾深恶痛绝，避之不及。直至有一天，在家乡的清晨，空气清新冷冽，我再次偶遇了它。它萦绕在远处的山头，心平气和地迎接我审判的眼光。它似乎褪去了面目可憎的形象，安静地氤氲在山岚之上，与天空中的云朵交融，为那朴实无华的山脉增添了几分神秘感。拨通了友人的电话，谈起了那日的赏花之游，原来她最开始也被厚重的雾气所困扰，但发现雾中的景色更有一番虚无缥缈之感，把植物园装点得似仙境一般，而我们正是闲庭信步悠悠而来的仙人。谈话完毕之后发现我曾经的厌恶之感尤为可笑。当友人纵享大雾之趣、游玩之乐时，我依然沉浸在迷雾扰人视线的想法中不能自拔，看万物皆恶，白白浪费了友人的倾情陪伴和难得的大雾异景。我目光复杂地看向山边的雾，它躲闪着初升的太阳，最终消散于天地之间。

　　雾散了，我走出了迷雾。但在这世间，有千千万万个迷雾蛰伏在人生长路中。对于消极悲观心智不坚的人，它便从暗部潜入，无声无息地给他们的心灵腐蚀上暗斑，使之无法走出阴影。而对于积极乐观坚定信心的人，它便是砥砺石，是披着险恶外衣的瑰宝，抛去表面，就会发现其独到的美景和好处。当置身于生活困苦之中时，脆弱的心理防线被毫不留情地击溃，迷雾就像伺机而动的毒蛇一般不断地喷吐着毒液，污染着心灵的河床，悲观情绪便如发酵了的面团，膨胀变大，困难被胆怯的心理放大，变得不可战胜，使得人丢盔弃甲，意志全无，更不用说发现迷雾中的美景。但当走出迷雾、意识回笼、逐渐清醒后，回头观望，当时的万丈深渊不过百米，当时的通天湍流不过几丈，当时一无是处的环境中也会有值得珍惜和回味的耀眼之光，可谓"当局者迷"。在身陷迷雾与走出迷雾的循环往复中，在心智的一次次破溃和重筑中，迷雾就会脱去外壳变成养料，增强我们的精神钙质。因此，不要被迷雾和困难的狰狞外表所吓倒，要尽可能地摒弃那些既消磨意志又花费时间和精力的悲伤情感，让自己坚韧、通透。

　　半年前，再次遇见了雾。它褪去了迷瘴色彩，只是单纯的水分子的聚集。它在清晨从湖水中缓缓上升，悄悄蔓延到湖边的小路上。身边行人的身影变得若隐若现。雾轻柔地把我包裹起来，好似隔绝了时间和空间，在这一方小小的世界中，独我一人享受这来之不易的静谧和安宁。

　　真实的雾已经不再是迷雾，而现实中的"迷雾"依然存在。每个人都在自己的迷雾中挣扎和坚守，在自己的迷雾中成长和蜕变。在迷雾之外时，不要因为前方迷雾重重而唉声叹气，处于迷雾之中时，坚定信念，从迷雾中走出，让迷雾助你在逐梦路上升华和蜕变。

像风滚草一样——飘

四川大学物理学院　李嘉华

　　自然逻辑总是荒谬挟胁着讽刺，生命难以寄居的戈壁，却孕育着至为坚韧的草本植物——风滚草。戈壁总有风，黄沙裹着风滚草一路猛跑。草木终生走不出扎根的土壤一步，而勇敢的风滚草却情愿结伴而行，愈飘愈远，愈飘愈高，偶尔欣慰地找到适宜的居所，也不过冒出点玫红色至淡紫色的小花。它们别无所求，只愿给世间添美色！跑得再远，飘得再高，也无所畏惧！无怨无悔！

　　中国特色社会主义进入新时代，呼唤我们青年有担当，能奉献。需要我们青年有梦想，能奋斗，逐梦美好生活。

　　理想的奋斗，美梦的追逐，需要我们像风滚草一样无畏风沙，勇往直前。21世纪青年耳边通常有两个声音：一个慢条斯理地说，过得安逸点，顺着父母的意思，读硕读博，娶妻生子，传宗接代，荣宗耀祖，过一辈子安稳的日子；另一个躁动地反驳，去闯，去干出一番事业！哪怕像风滚草一样。

　　漂泊，也许就是父母的回忆。火车轰鸣，由南到北，由北到南；车厢内部的尘土飞扬，呛着摩肩接踵的乘客们；车门打开，尘土落地，但北漂男女的心却是提到了嗓子眼里。20世纪八九十年代的北京，还没有像现在的雾霾，却让人窒息，"京城居，大不易"。但就是在这冰冷的地面上，他们把珍贵的青春献给了北京，但他们又不属于北京，所以只能继续漂泊着。北漂之中不乏名人伟人，近了看马少骅、朱军，远了看齐白石、鲁迅……每个北漂人都拥有梦想，虽然有人最后只能和风滚草一样结出他人冷眼旁观的小花，但他们漂着漂着，画出了孤傲而倔强的人生轨迹。

　　新新人类嘲笑老一辈活得狭隘，活得无趣，但常常自己的生活却是两点或是三点一线，过着安逸的日子。乘一趟未知目的地的火车，到一座陌生的城市，忘记以前复杂的人际关系，带上几个淡茶之交重新开始，正如仲尼在《一个万人景仰的少年》里所说的："人性就是这样，自由时我们竭力寻找财富；富裕时又怕现状不能长久而感到焦虑；到了富裕长久之时，人们又感觉到麻木而重新渴望自由。但谁又能真的回头？"

　　安逸的日子会把棱角磨平，但人们又渴望安逸。现实是客观的，美好生活是奋斗出来的。不驰于空想，不骛于虚声，一步一个脚印。只有像风滚草一样无畏风沙地飘，生生不息，才能逐梦美好生活，争做时代新人！中国梦，我的梦！

感受改革变迁，逐梦美好生活

四川大学文学与新闻学院　刘诗玥

在我的家乡，大家有一个共同的称号——油田子弟。

我在甘肃省敦煌市七里镇的青海油田基地生活了十余年。可和大家所想象的不一样，油田基地并不是照片里那般荒芜贫瘠。和大城市不同，我们的小基地上人们都彼此了解，也由此多了些生活气息和人情味。基地设施齐全，有着良好的教育、文化氛围，生活平稳安宁。

油田基地
（图片来源于网络）

但是在基地建设之初，情况与现在是截然不同的。从老照片中，我看见寸草不生的戈壁滩，看见汗流浃背搬运机械的工人，看见漫天黑色的风沙……总之，是我从没见过的。历史的尘埃在青天白云下掀开一角，凭着隐含的踪迹，追寻岁月的流溯。

从前的油田基地
（图片来源于网络）

  我的外公在重庆大学学习热工学，毕业后响应国家"到最困难的地方去"的号召，不远千里奔赴青海，而外婆为了一家团圆，也随他来到了大西北。那时候，荒芜的戈壁滩上建了一排低矮的平房，但不是人人能住得起砖瓦盖的房子的，大部分人都住着棚屋，有帐篷，也有"地窝子"。由于外公是那里少有的大学生，又是高级工程师，一家才能住进四合院。经过一段时间的建设后，总算大家都有房子住了，不过都是平房小院。当然，处在那样偏远的地方，物质资源很匮乏，连过年也没什么拿得出手的肉菜。我们这一代的孩子，从来是要什么就有什么的，若不是刻意去了解，我不会知道短短几十年竟有如此天差地别。

  如今，小镇建起高楼，每天乘电梯上下，方便了许多。几乎每家有私家车，生活娱乐设施也更完备。

  就我的家庭来说，外公离开了川渝的沃土，走向了漫天风沙的戈壁，在那里建设水电厂。外婆上过师范校，做了一名人民教师。几十年艰苦奋斗，如今他们都过上了悠闲安逸的退休生活。他们那个年代的青年人，追逐为国家建功立业的梦想，栉风沐雨、砥砺而行。任何美好的生活都不是凭空得来的，需要坚持不懈的努力。这也激励着我们深刻理解他们坚韧不拔的奋斗精神和数十年如一日的耐性沉淀，并从中汲取强大的力量。

◆·························· 逐梦美好生活　争做时代新人(上)

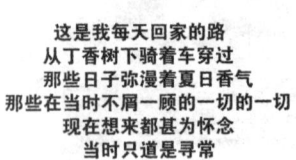

这是我每天回家的路
从丁香树下骑着车穿过
那些日子弥漫着夏日香气
那些在当时不屑一顾的一切的一切
现在想来都甚为怀念
当时只道是寻常

现在的油田基地
（图片来源于网络）

我生活十余年的小镇风景一览

改革开放使那一片历经风霜的戈壁滩，渐渐绿树成荫，有了生命的气息。从无到有，从荒芜到富足，是改革开放后无数青年的热血浇灌而成的硕果，是一代又一代人对于梦想和美好生活的追逐的具体体现。而我们这一代，沐浴前人余荫，享受极佳的物质条件，更应该珍惜这些来之不易的机会，吸取前人经验，继承先辈精神。我们与他们的生活、学习方式有较大不同，但其实人生轨迹仍是殊途同归，开拓出一条属于自己的路，创造美好生活。

致未来

四川大学经济学院　宋婧雯　廖文茹

关于未来，这里有四个故事要说给你听。

第一个故事关于梦想。

现在回想起来，那时人们口中所说的"高考是道人生的坎"，或许不仅仅指那场决定你未来四到五年在哪个城市、哪个层级求学的考试，比如很多时候，走在川大的长桥上时，我们已经开始思考一些关于未来的"梦想"。我想，当时清早咬着面包跑过街道转角的我们，脑子里一定只有一句"别迟到"。

大抵这就是高中和大学最大的不同，我们会接触更多关于生活、关于时代的想法和事，它们是古旧精雕的暖色木灯笼，以前因为我们的疯狂前行而埋没在浓厚的雾里，现在又借着我们放缓的脚步，不耀眼、不跋扈地轻轻勾勒出未来的样子。

曾经，尚未成熟的心只装得下一个自己和一把亟待寻找的钥匙。

现在，攥在手心的钥匙轻声说，你应该学着创造，去创造一个美好的家、一个美好的国、一个美好的天下。

那将会成为你真正的宝藏。

第二个故事关于奋斗。

以前的你啊，愤愤不平地坐在教室里上着晚自习，右手流畅的书写和脑子里有理有据的驳斥，带着节奏感和些许莫名的艺术气息，批判着当今社会"把高中生当成考试机器"的"病态教育"。那时的少年说，人要"敢于做梦"，相信自己靠着一脑袋的点子和一腔的热血是可以改变世界的。

现在你却经常一个人心甘情愿地坐在图书馆，啃着曾经以为这辈子都不会愿意翻开的厚书。成长，就是看着曾经高涨到溢出的泡沫逐渐沉积，积攒成心底沉甸甸的一级级台阶；只是做梦拯救不了世界，当一个人开始明白这个道理的时候，其奋斗生涯也就随之起航了。

怀揣着梦想脚踏实地。

"从麻省理工毕业时，我就会成为下一个拯救世界的钢铁侠。"

第三个故事关于担当。

从尿着床、咬着手指的牙牙学语，到第一次没人陪伴、不得不为的独自出行；从在被父母照顾中学会照顾父母，到足够幸运地有机会照顾自己的新家庭，人类这种生物普遍意义上的长大，大概就是从学会自己为自己负责，到学会为家人负责。

那如果恰好，这个世界说"我需要你"呢？

曾经有人半开玩笑地问：国家每年投入大量资金资助建设的那些大学，如果只能培养出某一个领域的"高级技工"，那和职业培训机构有什么区别？"家国天下"四个字，重重地压在青年的肩上；再把它放在舌尖反复呷一呷，横撇竖捺拆开来，仿佛能拼成一个大写的"担当"——从今以后，前行的路上，古旧精雕的暖色木灯笼总会有那么一盏紧紧地攥在自己的手里。

"不知道世界黑暗就贸然前行的人，是单纯的。

知道了世界黑暗而黯然止步的人，是现实的。

知道了世界黑暗却仍然挺进的人，是勇敢的。"

做个勇敢的人吧。

第四个故事关于奉献。

2008年，我还是个小学生，每天除了完成学校布置的作业，就是吹着鼻涕泡守着电视机一下一下地换台。就在一个一个频道跳进跳出的过程里，在那个方寸大小的彩色画面中，我看到汶川大地震灾后救援和奥运会开幕式上出现的"志愿者"的身影。起初我以为只有那是奉献。

十年转瞬即逝，我是一个大学生了，每天除了努力吸收所能获取的所有知识，还在有意无意之间读看认识不认识的人在相关不相关的专业里做出的很多成就。现在我知道这也是奉献。

我看到前辈们高高举起手中的火种，

我看到荒野上迷茫的人群。

他们逐渐向光明靠拢，

我也看到成为灯塔的自己。

有梦想，

为梦想而奋斗；

有担当，

为担当而奉献。

这就是四个关于未来的故事。

人间四月天

四川大学电气工程学院　陈　果

  风微凉，花香袭人，窗外，是一片欣欣向荣，似锦的繁花，环绕的蜂蝶，以及正在舒展的绿叶……四月之景，总是让人流连忘返。

  若将人生划分为四时，无疑，我们正处在苍灵之时；若将家国的繁荣兴衰比作四季，无疑，我们又处在春季。于是，最美的时代，最美的我们，完成了一次最美的相遇。

  花团锦簇之下，是根系在土里不断地盘结、钻探，以支撑起一个春天的绚烂；绿叶舒展之下，是细胞夜以继日的快速分裂，以待夏日来临之际，将阳光转化为养分。于是，生命就有了年复一年的绿色。在这个繁荣昌盛的时代，父辈们兢兢业业、夜以继日的奋斗，而现在，历史的接力棒将传到我们的手中，扪心自问，年轻的肩膀是否能够担负起家国的重担？满腔的热血是否足以翻涌时代的浪花？

  遥记当年烽火时，烈火丹心谁可知？无论是黄土地、红土地还是黑土地，都请记住，这每一寸土地上都洒满了先烈的鲜血。可曾记得，那些跃出战壕，集国恨家仇于一身，倒在了冲锋路上的战士。他们的名字，叫作无名英雄，他们的生命往往被凝结成数字，是的，毫无生气的数字，可数字下汩汩流淌的是先烈们的满腔热血，热血之上，渐渐长满了青苔，接着是草丛、灌木、树林……直至某一刻，自然生态系统的更替，加上时间的催化，历史的痕迹被彻底地抹去，加上人健忘的本能，很快，那些凝结了先辈们热血的数字也会被我们遗忘，不会有人再记得在某个时代、某个地方，有一群青年，为了信仰长眠于此。让我们穿越时空，问问先辈们，可曾后悔？"当亦乐牺牲吾身与汝身之福利，为天下人谋永福也""为有牺牲多壮志，敢教日月换新天""国破尚如此，我何惜此头"，先烈们如是说，信仰、思想的力量有多大？"思想是不惧子弹的"。

  斗转星移，今日之于昨日，已不可同日而语，这个时代已经不再需要我们抛头颅、洒热血，不再需要我们去留肝胆两昆仑，甚至不再需要我们走上街道，开展学生游行，高呼"打倒帝国主义"，可是，中华上下五千年，有一种文化叫传承，"革命尚未成功，同志仍需努力""少年强则国强""愿相会于中华腾飞世界时"……承仁人志士之遗志，年轻的肩膀亦可以担负起民族的重任，满腔的热血亦足以翻涌时代的浪花。或许，我们会反问自己，一个普通人的力量能有多大，是的，一个普通人的作用可能在历史长河中微乎其微，犹如蜉蝣之于沧海，若想要凭借一己之力而使世界发生翻天覆地的变化，犹如蜉蝣撼树，然而，若是亿万蜉蝣，其结局却未可知。

  若问努力的方向何在？方向若是错了，便成千古之恨，"我竭我的至诚恳求你们，不要走错路，不要惶恐，不要忘记你们的真心和真性"。其实，关于方向的答案莫过于

"如果你是一滴水，你是否滋润了一寸土地？如果你是一线阳光，你是否照亮了一份黑暗？如果你是一颗粮食，你是否哺育了有用的生命？如果你是一颗最小的螺丝钉，你是否永远坚守在你生活的岗位上？"如果是一名学生，那就请努力学习，成为可塑之才；如果是一名工人，那就请努力工作，提高生产的效率；如果是一名科研人员，那就请潜心学术，开拓创新；如果是……社会这一庞大机器的运转，需要每个螺丝钉兢兢业业，脚踏实地，做好本职工作。"责任"二字虽然只有十四画，可每一笔都有千钧重，愿君牢记。还有，无论何时，都不要忘记学习，"尧禹者也，非生而具者也"，虽不期人人皆成尧禹，但学习得越多，能力就越大，自然所起的作用就越大，社会这部机器就能更快地运转，我们这个民族就能走得更快、更远。

人生百年，不过一瞬，韶华易逝，不可轻负。

窗外，正是人间的四月天。

心向梦想，一苇以航
——逐梦美好生活　争做时代新人

四川大学数学学院　刘星意

　　1921年，一粒名为梦想的种子被有志青年在饱经战火的贫瘠土壤中播种，起初，它渺小，世人认为它薄弱的躯体抵抗不住狂风暴雨的夹击，神州土壤将在历史厚重的齿轮静默碾压下重归风雨飘摇的一片荒芜。可曾料想，一粒种子经历了96年的风吹雨打，40年的革新发展，怀揣赤诚初心，从最初孑然血雨中的摇摇欲坠到如今的根基稳固，成长为一树，挺拔地屹立在世界之巅，枝繁叶茂地造福万千百姓。它，是当时无数时代新人追逐的美好梦想，是我们可亲可敬的党。

　　如今，时代变了，追求梦中美好生活的方式也不尽相同。古语有云："不忘初心，方得始终。"什么是初心？初心，就是在时代的大背景下所许下的梦想，而能逐梦的生活才是美好生活。

　　青年之梦重在追，则何以逐梦美好生活？

　　列宁曾深刻阐述："我们是未来的党，而未来是属于青年的。"未来的美好生活不驰于空想，不骛于虚声，而是落在当下。青春激昂之际，正是逐梦之时，或是人生第一个转折点高考之前为梦想院校只争朝夕的热血拼搏，心心念念"尽吾志也而不能至者，可以无悔矣"的初心，明白理想和现实之间那不可逾越的鸿沟，埋进书本像缠绕密不透风的黑茧，为的只是有朝一日破茧成蝶的希冀。或是从小怀揣着对数学的好奇与期许，伴随成长中日渐坚定前辈们"求达于真理"的理想信念，奋然投身于数学的基础学习中，追求的是能像孩提之时一如既往对美好生活的满足。

　　时代之任在于人，则何以称之时代新人？

　　梁启超《少年中国说》对青年寄予厚望："少年强则国强，少年进步则国进步"。他认为一个社会的发展主要依靠青年。党把对未来的初心期许寄托于一代有理想、有担当的青年。新时代的新人都应思考中国梦与自己的关系、自己为实现中国梦应尽的责任，从我做起、从现在做起、从点滴小事做起，脚踏实地、埋头苦干、不尚空谈，将中国梦作为内心中的大志，朝着这个目标奋力前行。

　　时代之任在于行，则何以争做时代新人？

　　改革开放以来，从川大的立德树人到成都的人文蓬勃发展，再到党的十九大提出的倡导培养担当民族复兴之任的时代新人，都是我们被寄予的万千期许。身为青年，沐浴着川大特色的人文底蕴，在成都多样文化和休闲生活的熏陶下，享受着时代所带来的优渥资源，这是几十年前那些追逐梦想和美好生活的青年先驱者不曾有过的体验感受。习总书记曾为勉励青年写道："中国梦是国家的梦、民族的梦，也是包括广大青年在内的每个中国人的梦。'得其大者可以兼其小。'只有把人生理想融入国家和民族的事业中，才能最终成就一番事业。"习总书记希望身为大学生一员的你我，怀揣赤诚之心，将个人的小梦想融入时代的大蓝图，由此便能做一个时代新人，待梦想实现，等年华老去，回首时不因虚度光阴而悔恨，不因无所成就而遗憾。

佛教中有一个词语叫"一苇以航"，意为即便一叶扁舟也要向前起航。作为川大的一名学生，在追逐梦中美好生活的航行中，纵使有坎坷，但只要顺着时代的大方向扬帆起航，都将受益于这个日新月异蓬勃发展的黄金时代。曾经历过多难的汶川地震，感受过救援的军队有条不紊地前往灾区，党和政府的领导们亲临前线指挥救灾工作，直到昔日破碎的故土渐现涅槃后的绿色；感受到成都蓬勃的旅游绿色发展，熊猫闻名于全世界，民族特色文化也渗透你我的生活；感受到"互联网+"发展，你我享受着无现金支付、共享单车等科技的巨大腾飞为生活带来的无数便利，甚至高铁的蓬勃发展也化解了"每逢佳节倍思亲"的苦楚。

习总书记的讲话犹在耳畔，将他的良言牢记于心，将自己的梦想和时代联系起来，刻苦钻研，争做一个时代新人。当今时代的中国梦是每一个因祖国而倍感骄傲的中国人初心重叠后的真实写照，无关时间和地点，光明而纯粹。

党坚守的梦想始终如一，最初，它缄默无言但坚定初心，以它朝气蓬勃的生命力滋养着每一寸土地，安抚着每一张容颜。如今，它的初心被时代肯定，被千千万万的时代新人所坚守，为之奋斗，将它拥护的红色精神作为策马奔腾的鞭子、鼓舞士气的昂扬军鼓。这是一颗红色的种子，枯枝败叶中不屈地长出鲜红的花朵。种子的初心在于精神，时代新人的精神在于心。心向梦想，一苇以航，逐梦美好生活，争做时代新人！

以史为鉴，不畏将来

四川大学华西临床医学院　卢雨菲　胡天翊

走进悠悠历史长河，那里有巨龙不朽的传说；登上高高的喜马拉雅，你会发现那头沉默的东方雄狮依旧威武。作为华夏子孙的一员，翻看过往的岁月，我们不会选择懦弱与蹉跎，因为我们知道，岁月荣光的延续需要你我，自强的号角就是整个华夏民族不散的魂魄！新的时代逐梦新的生活，新的我们争做新的弄潮儿！

龙飞九天，风起云涌；雄狮一吼，百兽惊恐。他的足迹曾达莱茵河畔，广袤的西西伯利亚、秀美的东南亚山川，也曾属他的版图。威势如山，笑傲苍穹，犯其天威，虽远必诛。他的名字叫中国，他的故土是神州。遗憾的是巨龙、雄狮也有懈怠麻痹之时，在逆水行舟不进则退的世界大潮中，在列强环伺之下，近代的中国犹如待宰的羔羊承受了无尽的屈辱。

如果说中国古代的历史宛如锦绣织成，那么中国近代的历史则由血泪浸染。翻开中国近代史沉重的画卷，几多哀愁，几多痛苦，几多屈辱。面对山河破碎、灾民流离、哀鸿遍野、国将不国的现实，疲弱不堪的中华，已是别人的釜中鱼肉，中国的出路在哪里？中国人何时才能从梦中惊醒？无数仁人志士在深情呼唤，苦苦寻觅。

沉默呵，沉默。不在沉默中爆发，就在沉默中灭亡。1935年12月9日，中国的青年志士终于爆发了，在国家存亡的危急关头，北平几千名学生不顾个人安危，毅然挺身而出，冒着枪林弹雨，走上街头，举行了大规模的游行示威活动。他们高喊："打到日本帝国主义！"他们疾呼："反对华北自治！"他们强烈呼吁："停止内战，一致对外！"在他们的呐喊声中，麻木的民众逐渐苏醒，"皮之不存，毛将焉附？""国之不存，何以家为？""国家兴亡，匹夫有责！"成了人们的共识。

1937年，虎踞龙盘的南京，三十万生命，无论是风烛残年的老人，还是襁褓中嗷嗷待哺的婴儿，统统被杀，无一幸免。处处扼咽喉，天涯何处济神州？曾经辉煌无限的中华继续在侵略者的铁蹄下呻吟！这次第，又怎一个恨字了得？九百六十万平方公里的华夏热土被悲愤深深笼罩，无数中国人民的心被鲜血震惊！要想活命，唯有奋起，要想做主，唯有独立！

所幸，天佑中华。一度沉沦的中国在阵痛中觉醒，无数先烈的血魂铺就了中国崛起自强的坦途。

回望昨天，有悲壮的战斗，有斑斑的血痕，还有那不屈的精神！放眼今天，中国经济发展，政治稳定，民族团结，中华民族正以站起来、富起来的姿态，以自尊、自信、自豪的面貌前进在建设中国特色社会主义的道路上。

在新的时代历史不容忘却！尽管目前形势一片大好，但我们仍需看清：外有宵小环伺，亡我之心犹存；东海、南海闹剧不断；"中国威胁论"甚嚣尘上；在外国敌对势力的鼓动下，"台独""藏独"势力蠢蠢欲动……面对如此纷繁复杂的国际国内形势，我们不能懈怠，我们唯有居安思危，努力前行。

　　世界发展的经验已经表明，地球的东方必须有一个中国，一个完整的强大的中国！鲁迅曾经说过："纵然国有难，汝亦作先锋。"勇士们早已用他们的鲜血和生命喊出了"中华圣土不容分割"的铮铮誓言。保国、强国历来都是国人不变的责任。

　　"我自横刀向天笑，去留肝胆两昆仑""穷且益坚，不坠青云之志"，知耻而后勇，我们要坚信：中国曾经落后，但不会永远落后。

　　为了祖国繁荣富强，为了让中国这条巨龙能继续翱翔九天，我们自当以史为鉴，做最好的我们。

望进我的眼里

四川大学华西临床医学院　游晚芳　曾星月

在夏日蝉鸣声中，私塾里的你拿着书卷，摇头晃脑，吟哦着之乎者也，眼里一片空洞。在麦浪簌簌声中，田埂上的你放下锄头，呼呼大睡，错过了最好的丰收时节。在炮火轰轰声中，躲在租界的你，苟且度日，对侵略者卑躬屈膝。风把我带到你的面前，我停歇脚步，期待你能望进我的眼里，看看我的故事，但是，你转身离开，继续你汲汲营营的人生。

可是，朋友啊，你毫不留情拒绝的不是我，是罄家财为军资、留取丹心照汗青的文天祥；是挥泪写下"吾充吾爱汝之心，助天下人爱其所爱"，继而从容赴死的林觉民；是在沙漠中隐姓埋名，28年坚守在中国核武器研发第一线的两弹元勋邓稼先。我带着华夏五千年的记忆来到你面前，想让你知道为何要以梦为骨、以志为血，想让你看见你的同胞是如何让东方巨龙腾飞，而不是奔走于世间，活得麻木不仁。

随风落在年轻学子的肩头，听他吟诵出"孩儿立志出乡关，学不成名誓不还"，后来我随他站在天安门城楼上，听到他郑重宣布中华人民共和国中央人民政府成立了。沉睡许久，再度醒来的我落在一片盐碱地上，有一个人但凡刮风下雨必然会来，他带领干部群众翻淤压沙，泥水漫过他的腿，他仿佛丝毫不知一般，后来我周围长了花生、泡桐，还能听到爽朗的笑声。一阵风刮过，我落在结满痂的手上，他们说这双手可以焊接不足头发丝宽度的焊缝；而我看见，为了避免失误，一道十分钟的工序里他能毫不眨眼，用双手传达着一个航天匠人对中国航天梦的执着与追求。

后来，我还到过很多地方，见过很多人。我可以给你讲，在某个粉笔盒里，我听见那个总是咳嗽的人，一遍又一遍给学生讲解基尔霍夫定律；在一张书桌前，我看到他反复修改文章直到深夜；在舞台上，他慷慨激昂地讲述自己的创业计划……

或许你不懂我的执着，不知我零零散散的记忆中有多少人将自己的梦想与中华民族的富强繁荣联系在一起，不知他们念叨了一路的未来是如何在勤勤恳恳中实现的。或许你心有不甘，却迟迟没有行动，在人群中附和着夸赞别人的毅力与坚持。

其实，你只需借我的眼，让陶潜鼓励你坚持原则，让袁隆平用他的故事陪你度过失败的低潮，把我的记忆写入你的梦想，化为你飞翔的翅膀。

我期待让更多的人从我的眼里看见你的故事。

逐梦美好生活　争做时代新人

四川大学华西药学院　由俊鹏

除夕之夜，满城烟花，万家灯火。"千门万户曈曈日，总把新桃换旧符"，这一句我从小就背诵的诗句突然出现在脑海中。辞旧迎新，家和万事兴，是寄寓在这个特殊节日中绵延未绝的深厚情感。这份最隆重的期盼，表达的是我们对美好生活的憧憬与追求。

2017年10月，党的十九大顺利召开。"习近平新时代中国特色社会主义思想"深入民心。一个关于如何解决"人民日益增长的美好生活需要和不平衡不充分的发展之间的矛盾"的理论体系被习总书记提出。党的十九大召开前夕我们还在问，会议定下的方针政策会是什么样子的，未来的中国将何去何从。如今，新时代下的新思想、新举措、新气象已经初步彰显，一幅辉煌绚烂的画卷已露出一角。

在我看来，在新时代的背景下，我们对王安石这句"千门万户曈曈日，总把新桃换旧符"的理解可更加深入，"新桃"与"旧符"更为广阔的理解是，新的时代、新的气象，一年一年看似周而复始实则盘旋上升，随着中国特色社会主义进入新时代，随着改革不断深化，崭新的生活态度将取代旧有的生活模式，并被注入新的内涵与生命力。"两耳不闻窗外事，一心只读圣贤书"的时代已经过去，作为一名当代大学生，我们需要有崭新的思维方式、向上的积极心态、"家事国事天下事事事关心"的时代责任感。

千百年来，中华儿女所祈愿的便是海晏河清、国泰民安、盛世繁华。在历史上，杜甫曾面对山河飘摇的国土，痛心疾首：安得广厦千万间，大庇天下寒士俱欢颜，风雨不动安如山。千年之后，中华民族伟大复兴的中国梦正在人民群众的同心勠力中一步步实现，沉睡的东方雄狮已经苏醒，迸发生机。广厦已然千万间，寒士着实俱欢颜。不忘初心，继续前进，"历史是勇敢者创造的"，我们这些时代新人，理应勇攀时代高峰。

而在国际舞台上，随着综合国力的增强，中国人的话语更具分量。"坚持推动构建人类命运共同体"，是党的十九大提出的新时代坚持和发展中国特色社会主义的基本方略之一。然而，当今的经济全球化，仍然是由发达的资本主义国家主导的，对于"人类命运共同体"的构建，中国人毅然担当重任，为了这一任重道远的美好未来努力着。"弱国无外交"，这是过去饱受欺凌的我们发出的无奈感慨，如今中国已经靠着自己的核心竞争力在世界舞台上崭露锋芒，为着我们与全人类的共同利益发声，提出中国方案，展现中国智慧。最近，美国对华发动贸易战，中国方面的反应非常坚定：中国不惹事，但也绝不怕事，中方将坚决捍卫自身的合法权益。这是一场单边主义与多边主义、保护主义与自由贸易、强权与规则之战，更是世界上两大经济体之间的博弈。中国人民已经经历了"站起来""富起来"到现在的"强起来"的转变，我们有信心、有能力回应他国的挑衅。

说起自信，党的十九大报告中指出，道路自信、理论自信、制度自信和文化自信是我们不断推进"四个全面"的精神动力。而这一自信并非是盲目、空穴来风的。黄河水洗的黄皮肤，已经历过上下五千年的历史。有人说，"五千年前，我们与古埃及人一样直面洪水；四千年前，我们和古巴比伦人一样铸造青铜器；三千年前，我们和古希腊人一样思考哲学；两千年前我们和罗马人一样英勇善战；一千年前我们和阿拉伯人一样无比富足。而现在，我们正在和美利坚人一较长短。五千年来，我们一直坐在世界的牌桌前注视着一个又一个对手的崛起与消亡"。虽然当今的世界远非千年之前，但这段话让我意识到我们应拥有大国自信。近代中国饱受战火摧残，这段屈辱史让我们忘却了我们曾有的辉煌与骄傲。然而，中华民族是不会被击垮的，中国人的自信是融贯于中华民族血脉中的，不会被他人消磨。正如一个世纪前，先烈们浴血奋战，在中华民族最深的谷底处挣脱列强与旧社会制度的桎梏，怀着崇高的理想与信念，为子孙后代谋出了一个光明的独立自主的社会主义国家；如今他们的子孙不会辜负他们的期待，继续做好新时代的"攻坚战"，这次的"战"，不是用真枪实弹，而是为身为华夏子女的尊严与自信。我们反对战争，我们祈愿世界和平再无纷争，然而，若有人挑事，我们也绝不会再忍气吞声，再受屈辱。

　　朱熹诗云："胜日寻芳泗水滨，无边光景一时新"，进入新时代的中国如同这"一时新"的"光景"，生机勃勃，光明无限。而在这春色满园的新时代，我们青年人更应该在心中保持"胜日寻芳"般的心境，以及敢于探索、心有所往的自信。

　　做时代新人，愿祖国富强！

逐梦美好生活　争做时代新人

——敢为天下先，逐梦新时代

四川大学水利水电学院　彭慧宇

在参观《复兴之路》展览时，习近平总书记引用了"雄关漫道真如铁""人间正道是沧桑""长风破浪会有时"三句诗，来概括中华民族的昨天、今天和明天，短短三行诗句，却凝练有千钧之势，道尽了中华民族在苦难中摸索、在实践中前进、在奋发中觉醒的历程，我们也曾徘徊过，也曾失败过，但从未怀疑终有一天，世界东方的雄狮将站起来，对着世界发出震天动地的怒吼。

昨天，曾经创造了古老而灿烂的文明的中国在盛世中迷失了自己的方向，曾经经济总量长期居世界第一位的我们伴随着腐朽的封建制度和外国列强的入侵，走入了内忧外患、民不聊生的悲惨境地，天朝上国不复存在。但正如鲁迅先生所说，在这个国度，从来不乏埋头苦干的人、拼命硬干的人、为民请命的人、舍身求法的人，这些人就是中国人的脊梁。为改变中国所处的境地，这些人带领着无数敢于斗争的中华儿女进行了不屈不挠、前仆后继的斗争，最黑暗的时代终于看到了曙光。

"一曰慈，二曰俭，三曰不敢为天下先。"先贤老子提出的"不争而至安泰"的思想显然已经不能够成为那个时代人们所奉行的道德标准，相比于此，落后就要挨打，孙中山先生的"敢为天下先"仿佛更符合时代的要求：一个苦难中的国家，没有敢为天下先的精神，如何走出落后？

最后的故事将由勇于突破的新青年们书写，时势造英雄，水深火热中，神州大地上的仁人志士们看着满目疮痍的中国，如何能不心痛，如何能不愤怒，他们知道中国需要什么，甚至知道什么能打破这暴风雨前的平静、这让人喘不过气的虚假的平静——只有革命！但是革命意味着流血牺牲，振臂高呼意味着首当其冲，大多数人畏惧了，畏惧了曲高和寡，畏惧了千夫所指，更加畏惧避免不了的血荐轩辕。

想常人不敢所想，及常人不能所及，以手中的刀笔和武器剜去民族的腐肉，以自己的血肉之躯去填充这满目疮痍，这群敢为天下先的中国人做到了，"我自横刀向天笑，去留肝胆两昆仑"，谭嗣同倒下了；"夕阳明灭乱山中，落叶寒泉听不穷"，瞿秋白倒下了；"杀了夏明翰，还有后来人"，夏明翰倒下了……但无数个谭嗣同、瞿秋白、夏明翰站起来了，他们奔走天下，在烽火硝烟中义无反顾地摇旗呐喊，在敢为天下先的道路上奋勇直前。

中国共产党在探索中成长起来，摸索出中国革命的道路，最终领导人民取得了新民主主义革命的胜利，建立了新中国，结束了中华民族四分五裂的局面，而这种敢为天下先的精神也传递了下来，一直到了今天，不断地尝试，深化改革，寻找和探索着最适合这个社会主义国家的道路。

　　青年人是朝气蓬勃的，正在兴旺时期，中国和世界的未来在我们肩上，因而我们更需要这种敢为天下先的勇气，"先天下之忧而忧，后天下之乐而乐"。当今社会，和平和发展已经成了世界的主题，但漫观国内外形势，中国同样遭受着恐怖主义、分裂主义、极端主义的侵扰，中国"威胁"论甚嚣尘上，中国在建设社会主义现代化国家的道路上还有很长一段路要走，中国青年肩上的责任比我们想象的要更重，这条沧桑的正道需要我们接力，继续走下去。

　　"为天地立心，为生民立命，为往圣继绝学，为万世开太平。"中国人向来有济世之心，也不乏改革的勇气，在当今社会"大众创业，万众创新"的趋势下，青年人中也不断涌现出杰出的人才。有着新鲜活力的新时代青年人正以自己的方式，改变着这个世界。"敢为天下先，逐梦新时代"，用自己的朝气为时代增加新鲜的血液，用青春的活力为国家谱下属于我们青年人的乐章！

愿你走过百年，海纳百川

四川大学文学与新闻学院 郭沣颐

不远处红白相间的校车隆隆开来，车身穿过遮蔽着正午骄阳的林荫道慢慢减速，小川才从沉思中缓过神来，在上车的前一秒总算在资料成山的书包里掏出校园卡付了车费。

从江安开往望江的车上总是有形色各异的人：刚上完课闭目养神的老师，兴奋地讨论怎么去小北门吃饭的好友，彼此依偎的情侣，也少不了小川这样戴着耳机沉醉在自己世界里、向窗外张望的沉思者。校车摇摇晃晃，她皱了皱眉头，想着下午重要的活动，任由校车驶向无比熟悉又陌生的下一站。

今天活动的主题是"我与历史的对话"。小川所属的校团宣，邀请到了四名身份性格迥异，但又不约而同在同一天进行课业规划咨询的同学，通过校史研究员任老师的帮助，与历史的对话，找出他们合适的方向。下午两点，活动现场早已就绪，在一段简短的开场白后，活动进入正题。

一

"学生会换届在即，我却不知道到底要不要留。有人说，留下来会认识很多大佬，对以后保研考研甚至出国都有好处。但是有人说，学生会留任'水'很深，而且教的都是一些已经在干事期间学过的东西，不如去搞商赛。"大一的马同学一脸苦恼地说，"那我是留还是不留？"

听出了马同学声音里的焦虑，任老师不疾不缓的声音响起："在你的话语间，我听到的都是别人的声音，那么你自己的声音呢？你有没有想过自己适不适合学生会？记得我们的早一辈革命先烈、川大校友巴金说过这样一句话：'忠实地生活'，诚实来源于对自己的诚实，正直来源于对自己的正直，学会像巴金一样敢于剖析自己吧，你会得到合适的答案。"

二

"我和班里的同学关系一直都不是很亲密，大家发的朋友圈都是去逛街和吃饭，然而我更喜欢利用周末去市植物园逛逛，去不高山看看什么花开了。我知道每一种杜鹃的区别，但是似乎没人听我说这些。"

"不知道你有没有听说过川南杜鹃，就在不久之后的 5 月末，它将漫山遍野地开放。其实另一种视角看世界没有错，你也不要产生悲观的情绪。我们的校友方文培，川南杜鹃的发现者，就是在 20 世纪中叶，那个大家还没有这些植物学意识的时候，取得了斐然的成绩。在我们海纳百川的川大，的确存在着一群与你志同道合的朋友，我们的 300 多个社团中就存在川大花卉协会以及神奇植物社等有趣的社团，我期待着你将来取得兴趣和友谊的双丰收！"

三

"上回打比赛的时候，我的脚踝又受伤了，这已经是开学以来的第三次了，我觉得我的运动生涯完了，"杨同学神情紧张地说，"我不知道我热爱的东西，是否最终给我带来的只有伤害。"

"听到你的经历，我想起了我的好朋友、校友郑洁女士。她不但是世界冠军，还是'郑洁杯青少年网球赛'的倡导人。郑洁也有复发性腕伤，但她从来没有在不该怀疑的时候怀疑过自己。我们的热爱也许会让我们的身体备受折磨，但是我们的精神，往往愈挫愈勇！这不也是我们共产党人的激流勇进精神吗？千千万万的先辈在你的背后，支持你！"

四

"我知道家里的全部希望都在我身上，但是母亲现在病重，只有父亲在照顾，家里没有兄弟姐妹，我实在是太想休学回去帮父母一把了。"王同学不时揉揉鼻子，"听说就业形势又不好，我真的不知道我现在待在学校是不是对得起母亲。"

"刚刚离任的谢校长，相信我们都不陌生。但是他早年的经历，却鲜有人知。他出生在湖南的小山村里，与母亲和弟弟艰辛地生活着，放学回家还一边干地里的活，一边放牛，然而谢校长并没有囿于眼前的贫困，他在恢复高考后毅然决然地考取了大学，并通过研究生补助来回馈家庭。听得出来，你很孝顺，但是只有完成学业，才能在长远上帮上家庭，加油吧！"

通过与历史的对话，小川发现了生活不止眼前的上课和休息，更高的理想与希望在等着她。以史为镜，可以知兴替，川大校友和革命先烈们的精神永远激励着一代又一代的川大人砥砺前行！

前进吧！到春暖花开的时候

四川大学华西基础医学与法医学院　钟晓雯

　　一片雪花落下，在鼻尖融化，她用手去抹掉，只摸到水渍和鼻尖丝丝的凉意。片片的雪花却在人群中惊起了不小的波澜，小孩子们拉着大人的手边蹦跶边惊呼着，小情侣们鼓着气把雪花向对方脸上吹，更多的人纷纷掏出手机记录今年冬天成都的第一场雪。

　　她从北方求学回来，对雪自然是见怪不怪，拖着行李箱走过，看着这焕然一新却又无比熟悉的地方，看着操着令人怀念的乡音的人群，原本躁郁的心情，竟从雪花中品出了些许安慰。

　　快要毕业了，工作却还没有着落。大学四年浑浑噩噩快要过去了，始终没有找到想要为之奋斗的目标。除了一张文凭，她觉得自己这四年什么也没收获到，一次次任机会溜走，站在四通八达的路口，她却觉得像在迷雾中的死胡同。不管怎么说，先回家过年吧。

　　本以为会是一个冷清的冬天，这里却十分热闹。商家们撑起了一排排小帐篷，卖着年货、小吃，一个小女孩手里捧着一杯关东煮，小脸在蒸汽中暖得通红，一个小男孩拿着一把羊肉串，在人潮中上蹿下跳。都说年味淡了，置办年货时的快乐还是一如往常。

　　两旁的小酒吧、奶茶店、冰激凌店都已经歇业了，只找到一家书店，挑了一本书找个位置坐了下来，边翻看边等着父母的来电。今年搬了家，妈妈说怕她找不到位置，约好在这里接她。

　　门外热闹嘈杂，这里却是十分安静，耳边突然响起最近十分流行的歌《成都》，是书店里有人在弹唱，"玉林路的小酒馆"，现在成都固然是名副其实的"最佳旅游城市"，下班后在小酒馆点一份小龙虾，小酌两杯，是很多人的休闲方式，但在她的记忆中，十几年前的成都是没有这样惬意舒适的，至少在这片街区不是。

　　这里曾是一片工业园区，红光电子管厂、火力发电站、光明眼镜厂……记忆中这里常常是笼罩在难以捉摸的烟雾中。

　　小时候她的身体总是不好，每天早上妈妈换好工服后会骑着自行车带她去打针，太阳总是在薄雾中升起，火力发电厂的烟囱早早地就开始排放浓烟，厂里的保洁员也早早开始清理一夜的落叶，大型卡车开始来来去去运送着物资，经过时尘土飞扬，令没有及时屏住呼吸的人一阵咳嗽。打完针回去的路上，一路的减速带震得屁股生疼，让她清醒了不少。穿着工服的工人开始陆陆续续进入工厂，楼里的灯也陆陆续续亮起，妈妈也到了上班时间，她从自行车上下来，自己去上学。

　　中午放学后，去找妈妈吃午饭，有时妈妈没时间做，就找个小摊吃面。小摊在厂旁的一栋楼里，算是这片厂区的商业中心了，楼里灯光昏暗，小摊撑起一根木杆，吊起一个灯泡，算是面摊的照明了。刀削面是师傅现削的，师傅熟练地将面削进锅里，溅出面汤到地上，与地上的泥、洒出的油混在一起，黏糊糊的地面让人一不小心就滑倒。男工人们一人捧着一大碗面或蹲着，或站着，将椅子让给女性，被面汤蒸得满头大汗还一边说笑着。

现在这些地方都在哪里呢？那些人都去哪里了呢？

爬山虎爬上红砖，烟囱变成灯塔，油箱变成喷泉，火车变成酒吧，广场变成舞台，曾经的厂区被翻修，在一群年轻人的创造力中变成了极富特色的创意园区，俨然成了文艺青年们的聚集地，工业传统与潮流文化在这里碰撞、结合。人们不再是在摇曳的灯光下嗡嗡的苍蝇声中端着一碗面汤咕噜咕噜灌下，现在是在窗明几净的咖啡店里的窗台前端起一杯咖啡轻轻啜着。

电话铃声响起，一抬头，门外是熟悉的身影，拥上前去，爸爸取下她肩上沉重的背包，妈妈拉过她手里的旅行箱，"一定累坏了吧，咱们回家，爸妈做了你爱吃的。"

冬天的爬山虎都落叶了，但她知道，明年它又会换上新绿，继续向上前行，永不止步，就像在这里的那些从不止步、向着美好生活不断迈进的人们。那么，好好休息，明年重新上路吧，就算是荒野中的小路，也可以被踏成康庄大道。

建设美好的未来，不是一句空洞的口号，这里已经在一代代人的努力中落成了一座座高楼大厦。而我们这一代，作为国家未来的栋梁，在我们的奋斗下，又会有怎样奇迹发生呢？

后记：成都国营红光电子管厂建于20世纪50年代，在这里诞生了中国第一支黑白显像管和第一支投影显像管，曾有"北有首钢、南有红光"的美誉。2009年，成都市利用其旧址，将部分工业特色鲜明的厂区作为工业文明遗址予以保留，并与文化创意产业结合，打造成音乐产业基地。将从前成都的"北乱东穷"中的建设路，建设成了现在的商业中心之一，这不仅仅是成都从工业都会转向旅游都会的表现，更是所有的劳动人民用他们自己的双手，不断拼搏，换来舒适生活的真实写照。

我们的青春

四川大学文学与新闻学院 郝 欣

1948年的初冬，爷爷在硝烟弥漫的战场，他举起长枪，听着号令，身后是广阔无垠的江淮平原——生他养他的故乡。那是淮海战役的徐州战场，新中国的脚步声已在远方踏响。

爷爷说，他的青春是为国征战，保卫家乡。

1997年的夏天，老旧的电风扇发出吱吱呀呀的声响，父亲守在电视机旁，当印着紫荆花的那面红旗升上顶峰的那一刻，他已分不清这喧腾的欢呼是电视里的声音还是源于他自己。义勇军进行曲在零点奏响，父亲跟着轻轻地唱。那是香港回归的夜晚，阔别祖国九十九年的东方之珠重新扑进了母亲的怀抱。

父亲说，他的青春是看着祖国一点点完整，一步步富强。

2008年8月8日，这是一个非常合乎中国传统观念的吉利数字，九岁的我和家人一起观看着正在首都北京上演的盛会，荧屏之上光影流转，窗外的烟火熠熠生辉。那是一个不眠的夜晚，2008年北京奥运会开幕仪式。那一年，祖国在经历了一次天灾之后，依然笑迎八方客，喜交四海宾。

我的青春，正在书写着。

1950年，爷爷离开江南的家乡，又一次穿上戎装。他跟随中国人民志愿军一路向北，祖国的疆土在身后淡去，鸭绿江水静静地流淌，嘹亮的军歌在耳边回荡。那是抗美援朝的远征，爷爷在这场战役中九死一生，腿部中四弹，第二年荣归故乡。

为祖国披荆斩棘，埋骨青山也从不后悔。

2006年，父亲南下出差，他看到的是和婉约的江南水乡不同的建筑风格，参天的高楼直冲云霄，宽阔的街道车水马龙，他说，真不敢想象这里曾经是个偏僻的小渔村。那是深圳经济开发区成立的第十年，那位老人圈出的荒芜之地已是一片生机盎然。

几年后，我也去了那里。父亲说，你看，日新月异，它又变了模样。

2016年，银杏叶尚绿的时节，我完成了人生中的一次大考，那时我还不知道自己即将离开家乡来到巴蜀求学，对当下对未来都充满无限的遐想。堆积的习题本上写满了青春的痕迹，九年的义务教育为我的一段学子生涯保驾护航。

政治课本上写着的是岁月的留痕，也有着正在进行时的发生。离开了那个蝉鸣蛙噪的夏天，如今的我看到的更多是文字之外鲜活的真实。

砥砺奋进的五年，全球经济复苏乏力的背景之下，我国经济发展进入新常态，发展全局发生了深刻变革。这五年，供给侧结构性改革深入推进，农业现代化稳步发展，开放型经济体制逐步健全。

青山巍巍，流水清澈，蓝天蔚然，这是水墨丹青渲染的中国。这五年，生态文明建设效果显著，环境管控的长效机制在加快构建，绿色消费成为时下热点。耳边总响起习近平总书记的那句话，我们宁可要绿水青山，不要金山银山。美丽中国的建设任重而道远，我们都行走在路上。

深海本白，陆地黛绿，苍穹淡蓝。这五年，中国军队的"朋友圈"越来越大，一个全方位的国际军事合作新格局已经逐渐建立。我们立志建设一个世界一流的军队，正风肃纪，风气向好，能打胜仗。

六十九年前，爷爷为中华人民共和国的成立扛起了枪，二十五年前，父亲应着征兵的号召去了海南岛。去年夏天，当我穿着军训服装站在烈阳之下时，心中感慨万千，遐思无限。

没有人会永远青春年少，却总有人正值青春。

我们的祖国，正青春。

寻 意

四川大学文学与新闻学院 曹 茂

"新时代,新征程。"我们看到了国家新的转折与发展、机遇与挑战。新时代的来临,也唤起我诸多回忆。自一年半前步入梦寐以求的大学以来,理想与现实的落差曾一度使我迷茫。专业课书籍浩如烟海,理论知识艰涩而深奥,课堂论文接踵而至,延伸的课外竞赛、复杂的社会实践活动……与对大学原有的期待完全不一样,我感到些许沮丧,而社会的新变革也纷至沓来——双一流高校建设下对学子一流的要求。党的十九大敲响新时代的钟声,期待着青年新的作为。每一场国际风云都是一次时代脉搏的鼓动,每一个新名词的背后都有一座高耸入云的山峰。"时代需要青年",而青年需要信仰。现实总是不尽如人意,一次复习良久但仍令人失望的考试成绩,一个精心准备而郁郁落空的比赛结局,一本看不完的厚书,一支未用过的画笔,无意之中堆砌着碌碌之事,到很久之后发现似乎还并未仗剑论寰宇,便已舟车劳顿。在并不用掰着手指过的时间里,时常感觉自己像一只抽丝的茧、一团滚动的毛线球,我感觉到自己正在散失某种能量。

与其继续旅途奔波而一无所获,不如揽辔驻足游目天地。在叹息迷惘的日子里,我终于渐渐放慢了脚步,正视我所生活的这方天地。在"海纳百川"校园里,当目光凝视同学迈着轻快的脚步穿梭于不同教学楼、图书馆的背影,长桥上谈笑风生、青春悦动的身影,青春广场上一场场小而精彩的演出,体育赛道上挥汗如雨而依旧坚持奔跑的身姿,我逐渐体悟到一路走来的意义非我所想的那般简单。正如《鸟儿大全》里名为"三十鸟"的大鹏,众鸟追寻大鹏而历经千难万险,最终发现自己即为大鹏,大鹏就是它们三十只鸟里的每一个,又是它们的全体。寻找者成为寻找的目标,寻找的意义蕴含在过程之中,我们终会发现自己的行为即是追寻的生活意义的全部。因此我告诉自己,多给自己一些经历,多给自己一些面对未来的勇气。每天向着晨曦出发,清风拂面,心里永远谦卑而坚定,付出的精力积攒成一颗颗发光的小星星,生活也必定是在一步一步地前进。默许下的心愿与目标,往生活的清池投下一枚枚努力的硬币,梦想不一定很快实现,但是我能看见,那些金币安静乖巧地躺在水底,在阳光的照耀下闪闪发亮。

我逐渐学会在忙碌而复杂的大学生活里正视自己的每一次经历。那每一个认真努力过的晚自习,带着一天的幸福与收获,满载而归的夜晚;那每一个静心聆听过的讲座,每一个认真参加了的社会实践,每一次精心准备的课堂展示,都是生活本身的意义。

帆船在前进航行的大海上总会遇见打湿双翼的白雾,我们在追逐梦想的道路上也必定会遇见现实的迷茫。然而风不允许航船的迟疑,新时代的号角也不容我们质疑自己的行迹。迈着笃实的步伐行走在新的时代里,正因多了机遇而迎来挑战;举着坚定的火炬照亮前行的道路,那新的旅途证明我们坚持至今的意义不是虚妄。我相信你也曾在某个选择的十字路口徘徊迷茫，也相信你曾有过为自己努力了几个白昼写好的论文而感到满足，为一个活泼有趣的创意而欣喜，为一个落满霞光的傍晚而驻足于长桥的幸福时光，那便是我们在一步步改变现实中留下的剪影，也是新时代所需要的努力、勇气与坚定。我们欲觅之美好，即在其中。

那个，让我敞开心扉的地方

四川大学华西口腔医学院　李静雅

盐城，是我从小生长的地方，虽比不上北上广深的繁华，但这座城市，也用不断的发展变化，陪伴着我们成长。改革开放四十年以来，家乡的变化虽不能全部经历，但仅仅十余年的相守便让我对这座城不离不弃。

盐城，顾名思义，环城皆盐场。当时的盐城，遍地皆为煮盐场，到处都是盐河，因而盐城也被称作"盐渎"。就是这样的一座城，历史悠久，人杰地灵，其间涌现出了"建安文学"代表人陈琳、《水浒传》创作者施耐庵、南海殉国的陆秀夫等一大批光照千秋的历史人物，他们的壮举，已在家乡历史长卷上留下浓墨重彩的一笔。

盐城，凭借得天独厚的地理位置、广袤的平原地形、四季分明的气候环境等自然优势，以及作为江苏沿海地区新兴的工商业城市、长江三角洲重要的区域性中心城市，抓住发展机会，掌握历史脉搏，迅速发展为实力不容小觑的综合性大城市。

这就是我的家乡。而我，从小在盐城的母亲河——串场河边长大。通过串场河的变化，用稚嫩的双眼窥见家乡盐城发展变化的一隅。小时候，站在河边看一艘艘小船慢慢悠悠地荡过，身披蓑衣的老爷爷撑着竹篙，唱着婉转的渔歌在我眼前慢慢消失；长大后，架在水面上的桥会定时升起，每每这时，我便会跑至桥头，看等待着的船舶一轮轮从面前呜呜驶过，载着满船的货物和人们的期望驶向远方。如今，这条河上来来往往的船只已不复存在，取而代之的是沿河而建的城市公园和观景步道，河岸边的白玉石围栏被装饰上绚烂而又不失高雅的彩灯，倒映在波光粼粼的河面上。有时候静下来环顾河边夜景，便觉时光流转，一切都变得微不足道，虚无缥缈。

相传，串场河是煮盐汉子的汗水汇集而成。即便条件艰苦，人们也怀揣梦想，为美好生活而奋斗。千年之前的淮南西道黜陟使李承，带领民众挖河取土修筑海堤以挡海潮；兴化县令范仲淹动员四万民夫，汇聚瓢城儿女胸膛滚动的汗滴贯通了今苏北九县的大堤，将城市的脉搏牢牢地镶嵌在盐阜大地之中，滋养着一方百姓。

转眼来到20世纪，串场河也同样记录着两岸盐阜儿女坚定而又雄壮的故事。无论是先人张士诚的农民起义还是新四军的抗日烽火，都昭示着梦想赤诚的铁血男儿演绎的惊天地、泣鬼神的雄浑诗篇。到了20世纪下半叶，改革开放的春风吹遍大地，串场河也随着盐城的发展发生着翻天覆地的变化：从太平桥到迎宾桥的沿河风光带，"铁柱潮生""杨楼霁翠"等古老景点的逐渐苏醒，向路过的人们袒露着那带着古代盐渎的一丝妩媚和几分柔情；从小洋河的整治到毓龙东路的景观带建设，无不彰显着和谐盐城东方湿地的无穷魅力。

到如今，从先锋岛的规划发展到三桥广场的建设开放，从气势非凡的大洋湾森林公园到彰显盐渎水绿特色的黄海公园，从座座高架依河而建到方便快捷的高铁运输，盐城未来可期。

高速发展的时代背景下，这个小城市的人也是走了一拨，又来了一拨。每每回乡，盐城都能给我新的惊喜。党和政府实施的一系列改革措施，让家乡人民生活水平不断提高、幸福指数逐年上升。现代化、科技化、人文化、生态化让日常生活变得丰富多彩而又方便快捷。眼看着家乡变得越来越好的同时，也怀念着小时候邻里之间的和睦相处，孩童嬉戏玩耍的那种淳朴无邪的浓浓的人情味，能在足不出户就可阅遍世间万象的信息时代里，永久地保存。外出拼搏的游子们，也会回到这片熟悉的土地，为家乡的建设献上自己的一分力量。

而我，来到远方求学，也必会努力学有所成，将对家乡的思念与美好祝愿埋藏心底，在遥远的祖国西南与家乡一同成长，只为了日后在家乡土地上，能留下我为家乡建设奋斗而流下的汗水和幸福的微笑。

这片土地发生了太多，也承载了太多。穿透悠悠岁月的洗礼，无视漫漫时间的流逝，串场河亘古不变地用清澈的河水哺育着沿河的人民，滋润着两岸的郁郁农田。母亲河的清澈河水和着悠悠淮曲奏响那曲幽婉转而缠绵不绝的千古强音一直缓慢地流淌着。盐城，我的家乡，一个让我敞开心扉的地方。

过 河

四川大学公共管理学院　胡怡婷

重庆南滨路，青藏高原汇来不息的江水，趸船在波涌浪叠中轻摇。

长江和嘉陵江流经并相遇在主城区，将重庆的最中心——渝中区环抱。重庆人的耿直也体现在取名上，渝中的北方就叫作江北，而我与我的亲人在江的南面打量重庆的"船头"，脚下的土地便叫作南岸。

渝中区有着最老最正宗的重庆城里人，有着最多最繁华的重庆景象。改革开放前，渝中解放碑是重庆城内的制高点。而从南岸到渝中，横跨长江的直线距离一千米，在1997年石板坡长江大桥修建前，要过河进城最为便捷的方式就是坐船，在我儿时的记忆中，"过河"一次不过两元。轻快地踏上窄窄的轻晃在浅水处的金属板，号声低沉地响起，船身便缓缓地调转。在江心，有时看不见江岸，因为这里是"雾都"，在张望中我常常生出一种时空交错感，恣意想象自己所愿图景，像海市蜃楼一般，美好得转瞬即逝也不觉得遗憾。

一条江，几只船，无数次航程，是多少重庆人美好生活的开始。重庆长江轮船公司是中国长江航运集团旗下三大分公司之一。南岸江边的居民多靠这个骨干国企吃一口饭。我的爷爷是长航渝鄂航线上的水手，外公是长航伙食团的团长，父母也曾经是长航车间的工人。在爷爷的时代，国企的铁饭碗是一份许多人求而不得的工作。

但仅仅是在爷爷的时代。

改革开放后，重庆如同贪婪地汲取了春雨营养的笋迅速成长。自石板坡长江大桥历经三年竣工通车后，一座座长江大桥便从山的这一头，毫无畏惧地跨向山的那一头。桥下的江流，从那么遥远的地方奔来，一派义无反顾的决绝势头，挟着寒风，吐着白沫，凌厉锐进。重庆人过河有了更新鲜、更快速、更便捷的方法。船，不再是唯一能够战胜这气势滚滚的江水的勇者，它已经被历史的浪潮凿了一个小洞，如浮萍一般不由自主地在风浪里飘摇了。

　　过河已经不再别无选择，船已经不再别无替代，国企的地位也在接受挑战。1992年，改革开放更进一步，经济改革使社会主义市场经济成为主体。次年，我的父母便相继离开了长航。1997年，在接近改革开放二十周年的时间，重庆成为了直辖市。曾经南岸居民过河的必然选择——轮渡，已经唱响了挽歌。四五岁的我还有幸体验了江心畅游，此后，本应人声鼎沸的轮渡码头变得冷冷清清，过河的渡船便在长江中不见了踪影。这并不影响什么，改革开放四十年，解放碑从制高点成了高楼大厦包围中最矮小的建筑，渝中区也不再是人人向往的市中心，更多现代化的中心商区以无法估计的速度不断萌芽生长。重庆境内的长江及支流溪河上已建起近一万多座大小桥梁。当符合发展客观规律和前进趋势、具有强大生命力的新事物不断证明了自身后，旧事物的顽强抵抗便是过时的腐朽的不利于我们的远大前途的了。

　　这并不是一件令人失落的事。毕竟，这里是巨变的中国、巨变的重庆，人和城市比任何时候都走得更快。从河的一边到另一边需要半个小时的时代太慢了，只要十分钟，汽车就能带着你和我涉水跋山；从重庆到武汉一个来回需要一周航程的时代太慢了，只要四个小时，高铁就能带着人与物穿越难于上青天的蜀道。改革开放加速了中国的发展，加速了重庆的发展，高速公路的修建、动车高铁的出现都构建起了船所无法承载的新时代美好生活，而奔走在新时代道路上的我、追逐着新时代梦想的青年人都愿自己能为这份美好添砖加瓦。

　　无论船来船往，无论桥起桥落，无论脚步怎样匆忙，那逝者如斯而未尝往也的长江都会以其永恒的一往直前的姿态提醒着我——认清明日去向。

我陪伴你走过的 20 年

四川大学华西公共卫生学院　杨晨煜

时光静好，与君语；细水流年，与君同；繁华落尽，与君老。

1998 年，我出生了，那时的你 54 岁了，但你的生命也许有无限长，当时的你为了实现在 29 岁的时候定下的目标，仍然在艰难地成长，你面对的敌人太多，你的朋友也很弱小，为了能够让自己强大起来，除了自身努力发展，你别无他法。你喜欢新生，因为那象征着希望，你盼望着这些希望可以在你的庇护下茁壮成长，然后成为你的铠甲，为你保驾护航。

1999 年，我一周岁了，爸爸妈妈在"神舟一号"发射成功的消息中久久不能回神，你的孩子"澳门"也终于回到了你的怀抱，我想，你当时的感觉应该就是当妈妈下班回到家看到我正在咿咿呀呀地手舞足蹈时，幸福感从胸口由内而外的满满地溢出来的样子吧。不，妈妈离开我不过仅短短的一天，怎么能比得上那长长的 112 年呀。

2003 年，我五周岁了，爸爸妈妈很高兴，因为我终于要到上学的时候了。"知识就是力量"，"敏而好学"，家家户户都在你的倡导和支持下让自己的孩子走上了求学的道路，我们怀揣的是父母谆谆教诲下奋进向上的坚持，肩负的是你的教育下富国强民的梦想。但是这一年，你病了，"非典"毫不留情，把你刚刚养好的身体冲击得毫无生气，最初你彷徨、挣扎、恐惧，但马上你选择了勇敢、不屈、战斗，你带领着我们与疾病顽强斗争，不屈服于命运，不投降于病魔。所以，你赢了。你最终渡过了这一关。你相信，成功的路上必然是坎坷而曲折的，但只要初心不改，终究能到达胜利的彼岸。

忘了跟你说，我在小学成绩还不错，每次都能排进前三，我还能自己上学，每次下课我都到操场上玩单杠、双杠，跑啊、跳啊可开心了。但是有一次，我非要和我们班的男生比在单杠上面翻跟头，看着有自己两倍高的单杠，我当时可害怕了，但是我不能认输，咬着牙爬上去，使劲一翻，就翻趴在了地上。当时自己灰头土脸，连哭都喘不上气。好痛啊，真的痛。但是我一点都不后悔，我愿意和他们比一比，我证明了我自己，虽然很疼，但是我毫不畏惧。

2008 年，我已经四年级了，感觉自己长大了，你也强大了，我满心期待着你邀请你的朋友们来北京做客，却不曾想，地震先来造访。那时的我自以为是大人，却还是个小孩子，不知道 8.0 级的地震意味着什么，不知道一夜之间失去了家是什么感受，直到自己真正踏上那年曾经满目疮痍的土地，听着同学和朋友讲着貌似很遥远的故事，才能深刻体会到什么是绝望，什么是即使绝望却还要继续生活。你虽伤心却十分冷静地采取行动，万众一心、众志成城，即使有再多的困难和艰险，你都坚强地走过来，不带一丝犹豫和彷徨。你又成长了，你丰满了羽翼，加厚了铠甲，已经不是当年任人欺凌的孱弱少年了，你的眼神更加坚定地看向前方，你的脚步更加快速而富有力量，你的心更加强有力地跳动。你终将会走向成功。

2010年，我迈入了初中，成绩优异，你为我感到高兴，我也为你感到自豪。2013年我以学校第一的成绩顺利进入高中，你也早已完成了上天下海的任务，获得了你的第一个诺贝尔文学奖，证明了你在更高平台上的地位和重要性。

高中这三年，我也从小镇走进了城市，来到了更高的平台，也拥有了更高的眼界，我不再仅仅拘泥于学习成绩的提高，同时也提高我的综合能力，全方面提升自己。我坚信自己可以走向更高的地方，见识更好的人，做更好的自己。

2018年，我20岁了，在自己喜欢的城市的大学里生活了两年，而你也已经69岁了，距离你29岁时定下的目标也已经过去40年了，中国，我只在你的生命里陪伴你度过了20年，却已经见证了你的坎坷与艰辛，也和你一起拥抱鲜花与掌声。我用这20年等到了你的强大与无畏，希望你永远不忘初心，一直坚定地走下去，迎接更美好的未来。

逐美好生活，做时代新人

四川大学机械工程学院　李雨萱

历史的脚步缓缓走来，前进的号角昂扬奏响，
千秋万载——这片土地孕育着文明灿烂，
时过境迁——这群子民开创着辉煌时代。

从巍峨高原至浩瀚深海，从世界奇迹到东山再起，
从秦皇汉武至自由民主，从百家争鸣到青年精英，
从铁犁牛耕至机器生产，从鸿雁车马到全网高架。
中华血脉，源远流长，筑梦往昔，成就未来。

从野蛮愚昧到功丰绩伟，从哀鸿遍野至共同富裕，
从及时行乐到居安思危，从压迫剥削至精准扶贫，
从独善其身到兼济天下，从故步自封至开放包容。
中华儿女，生生不息，斗转星移，大国崛起。

忆往昔岁月峥嵘，看今朝青年称雄。时代的旗帜，传承的火炬已然交到我们手中……

置身时代，感召使命

新的时代需要注入新鲜的血液才能蓬勃和腾飞。梁启超曾言"少年强则国强"，毛泽东曾颂"恰同学少年，风华正茂"，习总书记则讲"青年是祖国的未来，民族的希望"。而今处在承前启后、继往开来的新时代的大学生，自是攻坚克难、开拓进取的中坚力量。建设新时代、逐梦美好生活、争做时代新人，自是时代使命的感召与呼唤。

我们的时代，纵览全局，是在新的历史方位下继续夺取中国特色

社会主义伟大胜利的时代，是全国各族人民团结奋斗、不断创造美好生活、逐步实现全体人民共同富裕的时代，是全体中华儿女勠力同心、奋力实现中华民族伟大复兴的时代。着眼当下，是天府之都如火如荼的现代化建设，是江安门前稳步成型的地铁八号线，是志存高远的莘莘学子步入社会的实践活动，是 i 创街一侧排列整齐的琳琅创品，是校区食堂的升级换代和热门饭菜，是水泥地上学子精心创作的井盖涂鸦设计。

定位自我，一往无前

争做时代新人，年龄和创新思维是我们的优势，财富和社会地位不是我们的枷锁。只要是对新时代责任有着强烈的情感认同和担当意识，乐于将青春和能力奉献给学习与工作、奉献给时代与未来，敢于担当历史使命的人，都可以被称为时代新人。

争做时代新人，需要我们勤奋刻苦地学习，如饥似渴地求知，坚持不懈地解惑，从而通晓自己的器量，认知适合的发展方向。有的青年才智过人，善于领悟、钻研和创造，那么他就适合从事科研工作，将爱好与使命紧密结合，沉浸于真理海洋，若有所突破，就是对人类进步的一份贡献；有的青年对自然科学不够敏感，但却极具人文功底和悲悯情怀，那么他就可以从事社会服务工作，深入群众与百姓，为当代人民的美好生活出一份力；有的青年对理论知识缺少热忱，却拥有过人的动手实践能力，那么他就可以从事生产工作，如基础设施建设、高科技产品开发等，为中国制造 2025 献力；有的青年虽没有过硬的专业技能，却拥有敢想敢干的品质和涉猎广泛的兴趣，那么他就可以投身创新创业的大潮，与志同道合者共同奋斗，创办为人民谋福祉的企业……

身处大学校园的我们拥有良好的条件，但并不是所有人都拥有这份幸运。即使没有接受过良好的教育，即使贫穷困苦，即使平凡无奇，只要拥有坚不可摧的理想信念，忠诚踏实，精诚奉献，哪怕身处山一角、天一隅，也能成为人脚前的灯、路上的光。不能做社会精英、时代掌舵者，也可在自己平凡的岗位上精耕细作，打造好大厦的一砖一瓦。岁月打磨，时光淬炼，汇聚亿万份力量，终将成就这个时代独一无二的伟大。

红日初升，其道大光；河出伏流，一泻汪洋。愿新时代的中国青年铭记历史，不忘初心，不辱使命，带领我们的人民，共同逐梦美好生活，留下浓墨重彩之印迹！

不为良相　便为良医
——新时代医学生的自我修养

四川大学华西临床医学院　段景灏

"只要我一息尚存，我存在的场所便是病房，存在的价值就是医治病人。"

良相治世，良医救人。从小，我就立志要在这世界上留下自己的足迹，不求成名立万，只求没有遗憾。身为一名新时代的女青年，我执着，我不服输，谁说女子不如男。当我听到"万婴之母"林巧稚前辈的故事时，我被她身上那股勇气和仁慈的力量所鼓舞，我也要成为这样一名爱病人胜过爱自己的医生。

她终身未婚，却有最赤诚的爱。她没有子女，却是最伟大的母亲。将自己嫁给了医疗事业，她是中国医疗史上的特蕾莎修女。亲手迎接数万个孩子来到人间，人们称她为"万婴之母"。在那样一个保守的年代，虽然有机会从医，女性却需要迈过一道不近人情的门槛：担任住院医生的女性，一旦结婚自动解聘，女护士如果结婚必须辞职。这既是门槛，也是考验。那么，是什么力量支持着她走过艰苦而又孤独的医学路？

不忘初心　方得始终

坚定的理想和虔诚的信仰，支撑着她以殉道者的姿态，做出常人难以做出的牺牲。林巧稚说："生平最爱听的声音，就是婴儿出生后的第一声啼哭。"即使在生命的最后时刻，昏迷中的她留下最后的声音还是："产钳！产钳！"每一个林巧稚亲手接生的孩子，出生证上都有她秀丽的英文签名："Lin Qiaozhi's Baby"（林巧稚的孩子）。

不久前碰到儿时玩耍的伙伴，问起我现在的状况，他一脸吃惊地说，"你真的去学医啦！"我也十分惊奇，原来自己的这个梦想，一直伴随我七八年，并且在今天，我有幸能和全国最优秀的学子们一起学习医学知识，交流医学心得。将来，还有多年的学习生涯需要我们去体味人体的精妙，医学的复杂。我们最需要的，便是不懈的毅力和对梦想的坚持。

医者仁心　悬壶济世

当一个人对你说，我将生命交给你时，你还能说什么呢？你冷？你饿？你困？林巧稚床头的铁质电话，已经被磨得发亮掉漆了。"我的唯一伴侣就是床头那部电话，我是一辈子的值班医生。"无论哪位医生值夜班，只要遇到处理不了的情况，随时可以打通这部电话。不仅如此，她让值班医生在处理完毕之后一定要及时回复情况，否则她将彻夜难眠。遇到电话说不清楚的，她就起来赶往医院。不仅如此，林巧稚对待病人极为温柔耐心，颇有悬壶济世之风范。有人曾看到林大夫掏出几十元钱给一个流产的贫穷妇女，让她买营养品。

医学从来不是一条轻松的路，想病人所想，急病人所急，选择了医学，就等于选择了牺牲。非仁之人不要学医，说的就是这样一个道理。心存仁念，便能在汗与泪的苦涩中体味那份战胜死神的甘甜滋味。

耐心细致　满腔热忱

想要成为一名合格的医生，手握着别人的命运，承受着巨大的压力，最必要的品质便是细心和热情。在没有电子病历的年代，病人们总是叫苦连连——由于时间紧迫，医生的字迹总是千奇百怪，难以辨认。半天之内要看几十号甚至上百号病人，忙起来连水都不能喝，饭都不能吃，这是医护工作者的常态，字迹潦草一些也可以体谅。但林巧稚的手写病例却是一个例外。她记录的诊断内容严谨凝练，字迹工整，不得不说，她的手写病历足以让每一个人惭愧，她一丝不苟的精神也值得我们思考和学习。妇产科医生本是一个又苦又累的差事，更不用说，在那样一个保守的年代，一个女子选择医学、选择妇科需要多大的勇气和决心。1978年，林前辈被确诊为高血压动脉硬化、脑血栓、心脏病，此后她在病床上完成了50万字的专著《妇科肿瘤学》。即使在生命的最后一刻，她也心心念念着要将自己毕生所学、所悟传给下一代。"有的人活着，他已经死了；有的人死了，他还活着。"遗产捐给公益，遗体献给研究，骨灰撒在故乡，落叶归根，游子回家了。这一份对医学的执着和痴迷，不正是我们所需要的吗？

生命的路又短又长，短的是时间，长的是意义。我们的祖国已经描绘出社会主义的蓝图，新的时代，新的征程，需要我们全体中华儿女在党的领导下勠力同心，奋力实现中华民族伟大复兴梦想。作为一个新时代的医学生，我们肩负着承前启后的重任。不为良相，便为良医，我愿勤恳耕耘，尽己所能为祖国发展出一份力。

为解放而奋斗　于烈火中永生
——忆逝去的红岩战士们

四川大学文学与新闻学院　郑　秋

1949年11月，在离重庆看似很近却依旧遥远的广大新中国解放区里，青在滋养，红在萌生，黄在孕育。但在这片山城的土地上，深秋衰老的枯枝却无法重新展开嫩绿的梦。顽童们雀跃着鸣鼓欢唱的时候，嘉陵江畔、歌乐山麓的渣滓洞里同时传来渴望生命的高歌。

重庆歌乐山渣滓洞，原是重庆郊外一个渣多煤少的小煤窑，但历史的风偏为它扣上了阴谋般阴森恐怖的帽子。在这里，煤窑变牢房，英雄变囚徒，严刑拷打日复一日；在这里，国民党溃逃前夕席卷一切，只留下令人发指的大屠杀；在这里，两百余名革命志士在折磨中死去，又在烈火中永生；在这里，一方土、一片瓦，都在历史的如椽巨笔下，被烙上了红色的革命印记，经年传递着革命烈士不屈不挠的精神气息。从渣滓洞遗址的一间牢房到另一间牢房，是时间碾压而过的距离，沉重而深刻。每一个房间的屋檐，每一处遗留下来的刑具，甚至每一块曾经淌着革命人士鲜血之后又被风雨洗刷干净的青石板，都呈现着先辈们用热血与生命锤炼的"红岩精神"。

信仰，是中国共产党人自诞生而起的注脚。

《红岩》一书塑造的"江姐"，是坚韧、顽强、铁骨铮铮的中国共产党人的化身，是渣滓洞集中营的幸存者罗广斌为中国乃至世界艺术长廊留下的千古不朽的形象。其原型是青年共产党员江竹筠同志，因怀着对共产主义的崇高信仰，她至死未向敌人屈服。

这种崇高的信仰，不仅赋予江竹筠坚贞不屈的革命斗志，也注入了万千共产党人的血液之中。1949年10月1日，中华人民共和国成立的消息从遥远的北方穿过黄河跨越秦岭，传到被负隅顽抗的国民政府军严密控制的重庆渣滓洞和白公馆监狱中，革命者欣喜若狂。就这样，一面用红色被单和黄色纸张剪裁而成的"五星红旗"诞生了。这面代表着中国共产党人纯真信仰的红旗被藏在牢房的地板下，直到11月30日刘邓大军解放重庆胜利的前夜，才得以出现在世人的视野之中。然而不幸的是，除罗广斌外，制作红旗的一百余名共产党人，均牺牲于大屠杀之中。佛门的晨钟暮鼓，也超度不尽英雄长逝带给亿万人的悲痛。

信仰给人敢于牺牲的斗志，给人追逐光明的动力。在飞速发展的今天，我们更需要有坚定的信仰。

理想，是中国共产党人一生绕不开的修辞。

"在风门边，

送走了迷惘的黄昏，

又守候着金色的黎明。"

在远山深处的牢狱之中，一名在严刑拷打下患上肺病的青年革命者这样吟唱道。他是生命被迫结束在 25 岁的蔡梦慰，"铁窗诗社"的发起人。1949 年 11 月 27 日深夜，在被押往渣滓洞松林执行枪决的途中，梦慰把于狱中用血汗书写而成的《黑牢诗篇》稿纸抛在荒草丛中，一首首飘逝于荒野的绝唱才得以留存。人生虽多艰，但对文学和解放的理想，足以支持蔡梦慰在临死前的最后一刻，为生命的尊严和自由引吭高歌。

信念，是中国共产党人相伴相生的根系。

若将中国共产党看作一株在中国土地上生长壮大的植物，那么从它 20 世纪初嫩芽一般仿佛一切风雨皆可动摇的模样，到如今凭借强大的生命力向着泥土深处不断衍生出庞杂的根系，年久月深，"信念"二字伴随其始终。

《红岩》中"疯老头"华子良的原型——韩子栋，便始终怀揣着对自由的信念，靠"装疯卖傻"隐藏自己共产党员的身份，成为渣滓洞中唯一越狱成功的革命志士。45 天的长途跋涉，靠着每天在白公馆跑步的锻炼，韩子栋日夜兼程，跨越嘉陵江，迎来解放区的曙光。

走进重庆歌乐山，扑面而来的是绵延的水墨丹青般的山河画卷。2018 年的今天，这里春有春的生机和风韵，秋有秋的华美和意境，四季有四季的本色，天地有天地的风光。然而岁月无法滤尽历史的沧桑，在山的透迤与水的流淌中，渣滓洞透着一种由革命精神而滋生的厚重与品位：誓死不屈于军统暴力、竹筷削笔烧棉做墨书写遗书的共产党员"江姐"江竹筠；受严刑折磨却仍期待新中国曙光的"铁窗诗人"蔡梦慰；"辗转关押十四载，地狱烈火炼丹心"的传奇老人韩子栋……近七十载的时光，风一般地消隐了，而个中革命精神、文化遗存，却使 21 世纪的我们倍感珍贵。

如今，我们的家园从砖屋瓦房变成水泥墙玻璃窗，我们的双脚跨进了引擎轰鸣的汽车和日行千里的飞机，我们对天穹的仰望转变为对外太空愈发深入的探索……科技的发展使我们享受着前人无法想象的便捷，改革开放的深入把中国重新送上了世界舞台的中心。然而近年来，个别青年的意识形态却在多样化的现代生活中渐渐走偏，毫无奋进意识、混沌度日的青年也不在少数，仿佛浑然忘记先辈遗留下来的精神传统。因此，我们的社会才会反复弘扬以社会主义核心价值观为引领的先进文化，倡导学习以江姐精神为代表的革命文化。2018 年的五四青年节前夕，习近平总书记在北京大学座谈会上寄语青年人忠于祖国不负时代，勉励青年人在中华民族伟大复兴中放飞青春梦想。而这个梦想，则需要我们不驰于空想，不骛于虚声，不忘先辈，不弃未来。

坚硬的稀粥

四川大学文学与新闻学院　杨思娴

  这家粥店已经开了很多年了，暗黑的门框就能说明这一切。粥店的老板四十出头，长得还算白净，说他白净是因为比起那些肥胖的中年人，老板明显略胜一筹，毕竟常年奔波于厨房，烟熏火燎，也难免沾染了一股油烟味。粥店开在马路的拐角，连接着不知疲倦的红绿灯和安静舒适的居民区。在这个拐角，一边是繁华，一边是静谧，粥店好像两边都不属于，在繁华和喧嚣中，在静谧和安逸中，它只是默默地看着，并没过多言语，只是给来往的客人提供一碗热粥，并不多说一句"你好"；但又好像两边都属于，给晨练的市民盛上一碗热乎乎的稀粥，给来往匆匆的上班族打包一份稀粥，在生活和梦想之间，它连着生活，也通向梦想，因而它既是生活也是梦想。

  优越的地理位置给粥店带来了稳定的客源，几年经营下来，粥店已经小有规模，从原先的三四张桌子扩充到现在的十几张桌子。早晨，七八点钟，是粥店生意最好的时候。晨练回来的爷爷奶奶，习惯喝一碗清淡的小米粥，就着几个馒头或者包子，外加一碟咸菜。贫苦岁月的印记已经深深烙在他们身上，与其说是美德，不如说是他们生命的一部分。年轻的妈妈们来不及给孩子准备早餐，在粥店买上一碗紫米粥，搭配粗粮面包也就成了孩子的营养早餐。赶着上班的人脸上都写着着急，朝老板说道："一份粥，带走。"老板递过去便匆匆离开，也不知道听没听见老板那句关切的"小心，烫。"

  算起来，这家店也有些年头，原先是老板的父亲在经营，后来父亲老了，干不动了，只能让他接手了。老板的父亲有两个儿子，大儿子踏实，小儿子机灵，兄弟俩合伙经营正好优势互补。但小儿子不稀罕这份家业，觉得卖粥不是什么好营生，拿不上台面，又仗着自己读过书，学历高，总想进入大公司，成为写字楼里的白领。于是，这个粥店就只有大儿子经营了。几年下来，粥店经营得红红火火，但小儿子的白领梦却没什么进展。小儿子常常去粥店，但他去那只有两个目的：一是喝免费的粥；二是和哥哥谈自己的梦想。他常常一边喝粥一边说："我们国家的发展真是越来越好了，老百姓的生活也越来越好。最近我听说政府又出台了什么新政策，我想了想，我也应该积极响应国家号召，做一个有理想的时代新人啊。像你这样，只会卖粥，能有什么出息。"可他总是说完就忘，没有一点分量，就像人们用完的废纸，毫无疑问地被遗忘。他因这爱空谈的脾气，至今只是公司的一个小职员，没有做出什么成绩，却整天抱怨待遇不高，想跳槽。耳濡目染的道理我们是懂的，弟弟成天的空谈却被哥哥听进去了，可哥哥务实得多，只想踏踏实实追求自己的美好生活，因而经营得更加用心。这不被弟弟看好的粥店，如今成了兄弟俩巨大的分水岭，两人的差距在这一份稀粥面前，映照得分外明显。弟弟是纯粹的理想，但并未为这理想付出努力和奋斗，也并未脚踏实地做些什么。理想是棵会开花的树，但要是什么都不浇灌，也开不出美丽的花。哥哥就和这稀粥一样，既有生活也有理想，既脚踏实地也仰望星空。

　　从之前的因为没钱只能喝稀粥的艰苦岁月到现在追求健康绿色的高品质生活，粥，一直没有离开我们的视线，没有退出中国人的餐桌，反而随着时代的发展受到了更多人的重视。中国人饮食的变化也基本沿着吃饱到吃好的路线转变，这和"站起来""富起来""强起来"的发展轨迹是吻合的，就像被物化的一个缩影。起初，粥店只有小米粥，后来渐渐推出新品，在满足顾客不同需求的同时，也顺应着时代的变化。现在粥店附近新修道路，施工工人来来往往，生意比之前还要好。有时候粥店老板也难免感慨："这么多年，发生了这么多的变化，唯一没变的应该只有弟弟的空谈和这稀粥了吧。虽是小小一碗粥，但要是日复一日地坚持下去，始终能博得餐桌上的一个席位。这做人，要是能像稀粥一样，踏踏实实，勤劳奋斗，那美好生活还会远吗？这稀粥，虽柔软，却也坚硬。"

加、减与当代青年的远方

四川大学计算机学院　何　皓

　　我们常常思考，在这个迷茫的年纪该何去何从。一方面，青年人应该向往独立与自由，勇于追梦，不拘泥于束缚，开辟人生新的方向，青春是烟火，走近了刺激，走远了壮丽，青春如同初升的太阳，照耀的是青年人未来万千条道路，为这个时代增光添彩。另一方面，青春是历练，更是担当，将少年精力与雄心聚集在工作与学习中，十年磨一剑，不负青春好时光。曾有核潜艇之父黄旭华隐姓埋名 30 年，用"算盘"处理成千上万的数据，换来中国第一艘核潜艇，如今快节奏的时代，青年更需要专注与定力。似乎在一骑红尘和抱守匠心之间，青年人不知道该怎样去实现自己的价值了，今天，我们就来谈谈，当代中国青年面临的加法与减法。

　　米兰·昆德拉在小说《不朽》中将人类的灵魂分为两类：一类是做加法的灵魂，另一类是做减法的灵魂。而在我眼里，加法为多元，为包容，为百家争鸣，为创新创造；减法即心静，即专注，即回归初心，即立足本职。热衷实现加法的青年，他们如初生牛犊闯入这个社会，带来新鲜的视野和格局。盛唐诗人李白在青年时，就是这样一个做加法的人，十五岁时，李白便已有诗赋多首，好剑术，喜侠客，多有志趣；十八岁时，就开始游历川渝地区，增长了不少见识与阅历；二十五岁时，李白出蜀，"仗剑去国，辞亲远游"，遂游历四方。但李白的家世是商贾世家，家境殷实，只要愿意，就可以留在故乡不愁吃穿。而李白却选择了加法的青春，走出同龄人的范式去闯进一个多元的世界。而他收获了什么呢？他在盛世城长安时，写出了"云想衣裳花想容，春风拂槛露华浓"，令贵妃斟酒力士脱靴；他在自然绚丽的天姥山，写出了"虎鼓瑟兮鸾回车，仙之人兮列如麻"，绮丽壮阔令人心折；他在黄沙飞舞的边疆，写出了"边月随弓影，胡霜拂剑花"，仿佛置身于月夜的边塞战场。诗仙之名从哪里来，可能是天赋，可能是时代，但是我知道，若是他少年时没有选择拓宽自己的人生道路，那我们就绝无可能欣赏到这样的诗句，唐代也不再会有这样一个青莲谪仙，只会多一个平凡的商人而已。

　　那做减法的青春可贵吗？答案是肯定的，同样可贵。在这样一个信息碎片化传播的时代，减法即限缩自己到一个低欲求的状态。首先，做减法的人生观，可以让你更容易获得满足感与幸福感，如果一个青年认为，只有高屋建瓴的成功才能带来幸福，那么，有可能受制于外界条件，求而不得的焦虑感可能会萦绕着他。反观减少欲求的青年，他的幸福就会自由得多，触手可及。现在，当你在网上搜索任意的信息时，网页会给你智能推送相似的其他产品与信息，做减法可以避免不必要的物质消费，朴素的生活能带来隽秀的风骨。

　　同时，我认为，青年人应当正视自己的缺憾，理性思考自己的优势，父母的经验、前辈的指导、外界盛行的成功学有错吗？没有。他们只不过描绘了一种完美的人生，但是，如果青年能够做减法，承认自己有做不到的事，知道自己最适合走的路，这是老成吗？不，这是境界与智慧。如植物学家蔡希陶先生，从小知道自己热爱植物的本心，同时能够减去对金钱权力的渴望，在云南野外一钻就是五年，建立了中国第一个生物研究所，其研究成果如烟草的培育深刻地改变了云南。做减法的青年，不只是减去自身的欲念，更有对自我意志的树立与肯定，不管是边疆风雪中的战士，深入大山支教的大学生，还是每天废寝忘食泡在实验室的青年研究者，这样的青春同样可贵！

那到最后我想说些什么呢？用一句话送给当代所有青年："丈夫志，当景盛，耻疏闲"。不管是加法减法，共同的基点在于青年人自身的奋斗。当代青年正处于实现中国梦的年富力强时期，如百卉之萌动，利刃之新发于硎，是一生中精力、体力、创造力最为充沛的时段。而现在，我们比历史上任何时期都更接近中华民族伟大复兴的目标，比历史上任何时期都有信心、有能力去实现这个目标，青年应积极主动将国家富强、民族复兴的中国梦与个人成长发展的青春梦结合起来，担起当代青年应有的历史使命。

做加法的青年，拓宽眼界与道路，为社会带来多元价值的结合；做减法的青年，从一条路走起，坚守本心，在挚爱的领域上奉献一生。坚定自己的选择，勇敢践行自己的价值观，加与减，仅为选择，无有高下！只有心中有阳光，脚下有力量，为了理想能坚持，不懈怠，就是看得见的伟大复兴的基石！这才是新时代的青年该有的样子！

城市的颜色

四川大学建筑与环境学院　李春圆

唯有在清晨，一个城市的颜色才能得以真正地被发掘。

每个城市都有其独特的颜色，每种颜色都有着奇幻的故事。

大清早起床对我来说一直是一件挺磨人的事情，相信不仅是我，大多数学生和上班族也有同感。我发誓，这是我在大学期间起床时间最早的一次，学校运动会在川大望江校区举办，我们负责后勤，提前坐校车过去布置学院运动员大本营是我们的本职工作。

在江安校区青春广场旁等车，战栗的风夹杂着室内空调所不能及的冷气，劈头盖脸地朝着人群一顿乱吹。清晨的成都，冷得钻心。冷，似乎总是与暗保持着耐人寻味的联系。伫立于青春广场马路旁，视觉和触觉迸发出惊人的一致效应，道旁的路灯铆足了劲地发射着明亮的光，却还是不得不臣服在那暗淡的天幕之下。

终究是坐上了车子，驶出江安校区，奔向望江校区。汽车在路上飞驰，我的思绪也跟着耳机里的音乐在飘扬。一边轻飘飘着，一边迷糊糊着，好斗的眼皮也开始握起拳头，来来回回几回合似乎是不相上下。昏昏欲睡的我将头扭向了窗外，避免和旁边的陌生同学出现尴尬的目光接触。靠窗座位的一大好处就是能够有那样一片视线的净土，尤其是当你独自一人乘车时。在那时，独自乘车的人是我，而那片净土便是窗外的城市。

本想城市的景物与校园别无二致，应是同样的暗淡。可目光所及之处的景象使我心头一震，睡意顿时被驱散得一干二净。

路旁一位骑着三轮摩托的大叔，车上载的应是他今早要去市场上叫卖的蔬菜。虽光线较暗，可那后座上一箱箱的油绿却丝毫没有被掩盖。路灯的照映下依稀能辨别出大叔的骑行姿势算不上标准，单脚随意地放置在踏板上，身子稍稍前倾，背部也稍微拱起来，迎面而来的冷风使得他耸起了肩膀，脖子也往衣服领口里缩。这大叔不羁的姿势甚是可爱，吸引着我的眼球。三轮车的黄中透点白的前灯在丁达尔效应的作用下呈现出一个扇形的光束射向前方，仪表盘上微弱的绿色光线落在他的脸上，使我可以在超车的过程中一探他的面容。冷风同样没能饶过他的双眼，他细眯着眼睛，单手操作方向把手的同时将另一只手中热乎乎的流油的包子往嘴里送。

我们的汽车完全超越了三轮车，继续朝目的地驶去。道路两旁，圈起很多的施工区域，这些都是在进行地铁的建设工地，闪亮着黄色小灯的施工安全围栏侵入了马路，在高峰期造成道路拥堵应该是不可避免的。亮黄色的起重机、挖掘机在其特殊施工照明设备下也显得格外醒目。

接着，车辆也多了起来，穿透力极强的白色大前灯和令人警示的红色刹车灯交相辉映，移动中的光源带着移动中的司机驰骋在一动不动的路面上。车辆灯光的颜色深浅不一，亮度也是不尽相同，其排列也没有规则可言，随机地散落在路面上。而行道旁高高伫立的路灯发出的朦胧橘黄色光，在地面上投射出一大圈圆形的明亮区域，整齐且错落有致地排列在路上，汽车的灯和路灯两种不同类型、不同排列、不同风格的颜色，共同点缀着道路的景致。

  进入城区，窗外的颜色变得多起来了。横跨路面的暗蓝色道路指示牌，像是一个傲慢的胜利者，轻蔑地注视着我们从他的身下缓慢驶过。不过也不全是那样的招人讨厌的自大家伙，高架桥闸道口的路旁边，也会有亮蓝色的指示牌，温馨提示着我们转弯的方向。路面上白得刺眼的斑马线的出现使得车辆时走时停，而红绿灯的周期性红色光波段和绿色光波段为我的视网膜提供了新的神经冲动。伴随着人行道出现的还有自行车道，黄色的 ofo 和橘色的摩拜是主流，当然还有一些黑色的私人单车。他们要么是按颜色一片一片成群扎堆地出现，要么是不同颜色之间相互错杂，仿佛挨在一块就可以努力融合成一种新的颜色。

  汽车缓慢地行驶着，不知不觉就驶入了望江校园。车外气温很低，靠窗的我对着那将我与城市分割开的透明物体一阵哈气，马上爬上来的是一层紧致的雾气，停留片刻后便消失掉了。校园内路边有高大挺拔的树木，着实是夏天乘凉的好地方。叶子的高度高过了惨淡的暗黄色路灯，所以即使白天亮绿的叶子此时也显得黯淡，只与灰蓝的天穹可区分。树干底部被刷上了一层灰白色的漆。白色的东西还有校园里的围墙，带着些许涂鸦的灰白色围着的是比较古老的住宅楼，几户早起的人家打开了窗帘，使我得以瞥见其淡黄色的客厅。只身伫立绿色草丛中的红色消防栓是一大亮点，消防栓像是站错了队列不知所措，只得僵硬着身躯一动不动。

  摘下耳机，回味一路上看到的颜色。若是光线充足的正午，一切都在阳光的笼罩之下，颜色的区分被光线所掩盖，鲜有人能关注到颜色带来的寓意。夜晚各色亮丽的霓虹灯一股脑地塞进你的视网膜，各色的绚丽让人应接不暇，无心去体会每个颜色的韵味。唯有清晨时刻，一切都开始苏醒，数量刚刚好的颜色，不多也不少，能向你细细讲述城市的故事。她的故事有喜有乐，有苦有悲，是一篇改革的画卷，是一首发展的诗篇。她无声地述说着自己的改变，也孕育着一个崭新的未来。

  从目光真正接触清晨的这座城市开始，我才开始对她有所体会。这城市，沉溺在静谧中，而我像是在打量一位熟睡的婴儿，不敢擅自妄动生怕会打搅了她的好梦。只有这种状态下的城市，才是最真实的，没有任何繁华浮躁，没有任何矫揉造作。每一种颜色，都是城市最真实的写照；每一次悸动，都是自己最宝贵的体会。

逐梦在川大

四川大学文学与新闻学院　宋　怡

万物复苏，似乎又是一个新的开始，在校园里的日子也在逐渐生发、循环、翻转、结束，每一个重要的过程，让曾经稚嫩的你我一点点发生着变化。爱在闲时看看校园，北门的朱红依旧不变，更因树木的新绿更加动人；池塘的新荷透着清爽的池水味，不时冒出的花骨朵总能给人以惊喜；楼间的银杏树全都伸展出叶子，和着晨光一起映照出绿色的光芒，创造出一片神奇；长桥上依旧还是人来人往，你走向那边，仿佛是走向另一片天地。

曾怀着希冀和某种不安来到这里，也曾迷茫与无措过，但慢慢走来，也让自己无悔于曾经的选择。"中国的青年总是朝气蓬勃，充满斗志了的。"这是一位日本学者在比较当今日本青年和中国青年时说的一句话，青年永远是一个国家的希望与主力军，或许一个社会现在还有很多缺陷与不足，但是青年的奋斗与奉献，会让这个社会总是充满着活力与前进的动力，会让我们生活的社会越来越好。逐梦在川大，或许就是我们作为一个新时代的青年复兴民族的第一步。复兴民族，听起来那么宏大，似乎单凭着自己的力量无法做到。但是，每个人所承担的文化使命、道德使命逐渐汇聚起来，会形成一种强大的力量。

逐梦在川大。这里，为我们提供了良好的学习环境，在青年这个人生的重要阶段，川大人不断充实自我的知识水平，为此后一生都打下牢固的基础。在川大，每年都有一大批通过交流项目去往全国各地的学生，川大还推出了"大川视界计划"，给予参加交流项目的同学以经济资助，鼓励更多的同学到世界各地的高校游学。作为一个川大人，我们的眼光更加开阔、崭新，而这些东西，让梦想的追逐更加有力，让时代的新生更加充满活力。

在川大，多栋教学楼纳入智慧教学楼的改造计划，教室不再像以前那么千篇一律——固定不变、一层一层上升的阶梯教室，刻板的讲台，四大片可以上下的黑板……我们的教室的桌子可以任意移动，讲台逐渐被取代，同学们可以分成小组讨论问题，师生的关系也越来越融洽；除了普通的教室，还有一些自由研讨室、互联网教室，都使用了最新的技术，为同学们提供了一个良好的学习环境。

在川大，学校借助自身综合性大学的学科优势，创办了川大创新班，目前主要开办了生物材料国家工程中心创新班、新能源与低碳创新班、水力学与山区河流开发保护创新班，在这里，有各种学科背景的同学，而学科之间拥有很强的互补性，当遇到问题时，不同学科背景的同学们一起商量、探索，从不同的路径找办法，为解决问题提供多种思维方式。张红伟教授说："通过创新班，我们要培养出具有全球竞争力的人才。同时，我们也鼓励人文社科领域设置创新班，促进人文社科的学科交叉。"

这种多方位的培养人才的方式，也让我们川大人在此刻的逐梦成为一种现实，更是一种习惯，它游走在我们生活的点点滴滴，情怀与胸襟变大，梦想与期待实现。关于追逐，关于大众的美好生活，有一首歌来颂扬，歌里面有你我年少的梦想，有这里曾给予的帮助，有爱，有温情，有一切所能想象的美好事物……

长桥上依旧人来人往，我看见的是赶往图书馆和教室的身影。我，在这头；你，走向那头。平静的湖水，长远的桥面，巧妙地组合在一起，连通的是两个不同的世界，梦，是钥匙，行进、开锁，前面就是美好。

泽以木香，倾城而来

四川大学华西药学院　周倩如

　　我是"仁和堂"的大药柜，记得我刚来这儿时到处都是崭新的，人们把漆得乌亮的我庄严地放在屋子右侧，整整占据了一面墙。不久之后就有药材运进来，整齐地码进我的药格子里，我认得它们是治病救人的东西，但只勉强知道其中几个的名字，后来能认全它们，全赖一个蠢笨的伙计。那伙计总爱在抓药时念念叨叨、喃喃自语，不像有目的地搜寻，反而像为手忙脚乱的动作找借口。掌柜的本身就是大夫，几乎天天待在这里，少有客上门的时候，就向后陷在他的藤椅里，偶尔看书，更多的时候什么也不干。

　　虽然城市很小，但药房也小，因此过了几月便渐渐维持下来。客源虽不是固定的，却也脱不过两种：我能认得面孔的熟客，和他们介绍来的对中医药有几分信心的生客。老板总是懒懒的，只在看病时多些专注，不善辨药的伙计待人却不蠢笨，堂上堂下跑得积极。日子对我来说一成不变，却并不枯燥，我每天嗅嗅身上的药香有什么变化，就大概知道哪一味又缺了。甘草有补脾益气、清热解毒、调和诸药的作用，卖得最好；川乌祛寒湿、散风邪，贝母润肺散结，两者相克，隔得也远；还有很名贵的人参，大补元气、安神益智……

　　我感觉在那里过了很久，其实也不过十几年，我的样子大大改变了，药性似乎渗入皮肤，让我有了某种说不清道不明的气质，店内更昏暗了，大中午便有一种迷蒙气息，大夫不常来，生客也少了。终于有一天，我看着伙计领了几个工人进来，先拆了对面的墙，再打了几排架子，搬进来几个亮闪闪的玻璃柜，粉刷了墙壁，修了电灯，最后挂上一排执照还有证书。我看着他们的动作，就像看着楚河汉界的另一边，心里竟觉得是意料之中的。

　　"仁和大药房"的老板是原来的伙计，他雇了穿白大褂的人打理我，又在那一边卖西药，小小一间药房，便轻易做到现在流行的中西结合。我不抵触这些，只是仍不免怀念曾经那间小房子药香袅袅的情景。吃中药的人毕竟不多，小老板入不敷出，所以后来我被买走了，到了一个真正的中药房，只是与从前不同的是，窗明几净，屋子敞亮，还另有药柜，香气更加浓郁，看得出管理得井井有条，我依旧被安置在右侧靠墙，前边不远处放了一把椅子，老板走进来，竟然是我从前的掌柜。我几乎惊喜地沉浸在这种新奇而又熟悉的气氛之中，再一次看见了我的未来，似乎要一辈子与药为伴了，也是不错。

　　后记：在我儿时的印象中，中药房一直是个神秘而玄妙的地方。堂上先有一位老大夫坐诊，我伸只手去，他探探脉，再观我气色，便仿佛能通晓一切了，体质如何，胃口怎样，是体虚多汗，还是食积气滞。得了方子，便有人执一杆黄铜小秤，去那漆得黑亮的木柜子里翻找，方正的小格子挨个儿拉出来，混杂的药香就渐渐溢满鼻息。这种印象不可谓不美好，它甚至让我觉得，这个建设在戈壁上的四方小城，正因为有这药香，才能窥见亘古悠久之历史文明的冰山一角。

注解：木香（菊科），性温味辛，可行气止痛、健脾消食。在《本草纲目》《本草新编》中都有提及，是一味重要的传统中药，它的使用甚至可以追溯到神农氏，且不管是丸剂还是汤剂，都富有成效。现在常用的是云木香和广木香，但因为有青木香（马兜铃科）的肾毒性作用，许多人对木香也心生忌惮。因此，了解传统文化的重要组成部分——中医药文化，是十分必要的，要让古人的智慧在我们手里得到传承，才称得上是中华文明的复兴之路。

巷头的小面馆

四川大学材料科学与工程学院　欧飞洋

我还没有开始记事的时候，我家搬到了重庆。那时候的重庆并没有鳞次栉比的高楼、蜿蜒交错的大路和川流不息的轿车，有的仅仅是错落有致的平房，房子和房子之间挨得很近，又会极有共识地让出一条青石小路，小路穿梭在老房子之间，形成了条条小巷。我家所在的房子旁边，是一条人流量较多的小巷，小巷尽头的转角处，是一家老旧的小面馆。

小面馆在转角处，放置了一块灰白的立式广告牌，上面写着繁体的"麵"字，老板的字写得十分好看，广告牌的字和菜名都是他一手写的，得到了许多食客的赞扬。小面馆里面四周是简单粉刷了的灰白色墙壁，有一些灰色的斑点在上面，它们多是由油渍外溅或者不懂事的小孩儿乱踢乱画造成的。最有特色的是老板在小面馆进门的墙壁上挂了一幅红色宣传画，上面写着"向着新时代进发"。红色的贴纸和灰白色的墙壁格格不入，还因为胶水有脱胶的现象，显得有些奇怪，但在我记忆中似乎从未被撕下。老板就在店面的门口煮面，清晨的小面馆传出的香气唤醒了沉睡的小巷住户，开启了一整天的生活。红色的汤底，白色筋道的面条，绿色时蔬和黄豆点缀，还没有开始动筷，味蕾就已经止不住地跳跃。小面馆的客人总是从天蒙蒙亮就络绎不绝，一直到阳光洒满整个小巷。

老旧的小面馆就这么陪伴我走过了两个年头，第三年的时候，我家再次搬走，搬进了一个老式小区，小区环境非常优美，却唯独少了清晨唤醒我的小面香气。时间流逝，小区的各种设施变得极其完善，老式小区周围荒凉的土地上修建了一栋栋越来越高的新式楼房。新式楼房不再有时刻仰望天空的信号接收器，楼房外也不再有连接在两栋楼之间的各种线路，各种新奇的家具和用品出现在我的视野。我不断长高，好像这些房子也在不断长高，而电脑在不断变瘦，手机在不断变大变轻，这个时代也在以飞快的速度向前迈步。直到有一天，吃饭时和家人谈起往事，小面馆才从我的记忆深处被挖掘出来，我想我应该找个时间再去看看原来的小面馆了。

凭借着记忆，再次找到了我小时候曾居住过的小巷。小巷像是静立在现代都市中的老人一样，始终保持着一种安静、古老的氛围。但是小巷也变化极大，当初一座座满目破旧的老房子，重新焕发生机，后来我听说这里会被重新修葺成古镇，甚至是作为代表性的一个景点，这一方小小的宁静，也因为这种理性的保留变得更加韵味深长。

走到巷头，门面牌上的"小面馆"三个大字吸引了我，拼命地想和小时候记忆中的小面馆吻合，但这个光鲜亮丽的小面馆始终没办法让人联想到过去那个古老破旧的小店。如果说过去的小面馆是个垂垂老矣的老人，那么现在的小面馆无疑是个待字闺中的少女，散发出了青春的魅力。由于是下午的缘故，小面馆锁着门，但是四周的玻璃墙壁仍然可以让面馆里面的布设一览无余。崭新的木头桌椅，整洁的内部摆饰，地面用大理石地砖铺砌，墙面白得发亮，有一方挂着的电子钟表供食客看时间。视线忽然被侧面墙壁上的画吸引，不由会心一笑，老板热爱的红色宣传画还是保留了下来，只是这不再是贴上去的，是装修的时候特意请人画上去的，没有红色的底色与脱胶的纸片，自然的颜色搭配，看上去与白色的墙壁相得益彰，加上朴实的配饰，倒的确像将小面馆染上了一层红色精神的味道。"向着新时代进发"几个大字仍然在时代的长河中，散发着它独特的光辉。

坐落在巷头的小面馆，突然让我升起敬意，它并没有被时代淘汰，相反，它以其独特的方式，不虚妄、不空想，跟着时代的步伐一步一步前进。十数年如一日，怀揣梦想，不故步自封，不趋风口浪尖，踏踏实实，满怀对时代的憧憬，在一碗一碗飘香的面中，诠释着生活的美好。也许我该学学小面馆的精神，怀着对生活的敬畏，"向着新时代进发"。找个时间再来尝一碗巷头的小面吧，回家的路上我这么想着……

将毛泽东诗词汇进时代旋律
把青春融入祖国山河

四川大学计算机学院　刘舒宁　王　雪

  静默地坐在春天的夜里，在跳动的文字中自由地穿行。记不清第几次读《毛泽东诗词》了，只是初读时那种对词句的恍惚已经没有了，每每读到都是惊艳和敬畏。

  往事如烟，似风掠过深浅的步履，已不堪回首。有多少故事，可以在层层的年轮里，突兀着明显？有多少芬芳的玫瑰，可以持续留香直至沧海桑田？有多少雪花里的梅朵，可以跨越时空之门，漫过春暖？有多少的未央的声音，可以开启嘹亮的歌声，绕梁始终，至永远？我想，《毛泽东诗词》便是了。

  "敢叫日月换新天"。昔日，军阀混战，民族压迫，内忧外患，"长夜难明赤县天，百年魔怪舞翩跹，人民五亿不团圆"。神州大地血雨腥风，国动荡不安、家昏天黑地，国家命运岌岌可危……俱往矣，28年中国新民主主义革命已然胜利，"一唱雄鸡天下白"，中国革命改天换地，山下山下，风展红旗如画。而今日，向何方，直指武夷山下。中国已经迈入了新时代。"人间变了，似天渊翻覆"，这是我们随手可骑共享单车的低碳时代，这是我们随时移动支付的网络时代，这是我们随处分享尊重的文明时代，这是我们改革开放的经济时代，这是我们国家强大的安全时代。

  党的十九大召开，我们仍然追着"中华民族伟大复兴的中国梦"，唱着"不忘初心、牢记使命"，唱着"社会主义核心价值观"，唱着"和平发展"，唱着"全面小康"，唱着"民主法制"，唱着"反腐"，唱着"强军统一"……新时代里，我们的目标也非常明确，我们任重道远，矢志不渝。

  "人是要有一点精神的"。一个国家有了精神，它就是国本，一个民族有了精神，它就是脊梁。当代中国精神需要我们青年去传承和弘扬，而社会主义核心价值观是当代中国精神的集中体现。"核心价值观，其实就是一种德，既是个人的德，也是一种大德，就是国家的德、社会的德"。

  "百行以德为首"。社会主义核心价值观是我们行为习惯的指南，只有践行它，我们才能走得更好更远。而今的世界里，我们是被宠坏的一代，是弱不禁风的一代。某些人看不清世界，看不清自己，任由负能量被放大，在别人的悲惨世界外冷眼旁观，在碰瓷讹人的世道里冷眼旁观。甚至某些人没有坚定的政治立场，没有明辨是非的判断力。"踏遍青山人未老""洞庭波涌连天雪，长岛人歌动地诗""江山如此多娇，引无数英雄竞折腰"，而某些人却仍为五斗米折腰，怀着侥幸心理，要想破了这秀丽山河，残了这和平盛世。

就把这颗充满了"富强、民主、文明、和谐……"的社会主义核心价值观种子孕育在我们的心底吧，布予阳光，施以雨露，使它茁壮成长，成为我们心中的指路标，辨善恶、别曲直、识美丑；发光发热，给予我们力量，去观世界、虑人生，担当民族复兴大任。

忆当年"为有牺牲多壮志"的红色革命，传承红色精神。革命传统是极其珍贵的"红色资源"，是一座宝贵的精神"富矿"，蕴含着极其丰富的政治营养和催人奋进的智慧力量，学习感悟红色精神，有助于我们把握"红色史脉"，烙刻"红色记忆"，增强原动力。习总书记视察井冈山时指出，井冈山是革命的山、战斗的山，也是英雄的山、光荣的山，要永远怀念、牢记革命先烈，传承好他们的红色基因。红色精神，包括五四精神、井冈山精神、长征精神、延安精神、北大荒精神、西柏坡精神和"两弹一星"精神等，本质上都是一种为了人民解放和人民幸福斗争的精神。我们能感受到早期马克思主义在中国大地传播的光荣岁月，感受到那段激情燃烧的历史，从红色基因中汲取澎湃动力。

传承红色精神，不仅仅要求我们理解这种精神，明白近代以来无数的中国人为中华的崛起而不懈奋斗的艰苦历程，更重要的是，我们要珍惜今天来之不易的和平生活，将红色精神体现到我们的日常生活、学习、工作中去，艰苦奋斗、脚踏实地，尽自己的努力为国家的现代化建设贡献力量。

"人间正道是沧桑"。1949年南京解放意味着中国革命已经胜券在握，是因为中国革命沿着井冈山道路这条人间正道，从胜利走向胜利。如今，我们更要高举中国特色社会主义伟大旗帜，坚持改革开放、可持续发展，从强大走向更强大。而作为当代大学生的我们，应该积极响应党的号召，做时代新人。

"头上高山，风卷红旗过大关"。未来属于青年，作为当代大学生的我们，须勤奋求知，不忘初心。新时代，风起扬头正当时，青年潮头立，接力奋斗中国梦，党的十九大描绘的新时代宏伟蓝图，为青年指明了前进的方向。在时不我待、只争朝夕的大学生活中感受那段激情燃烧的历史，从"红色基因"中汲取澎湃动力，从"红色传统"中激发信仰之光，把握"红色史脉"，铭刻"红色记忆"，努力奋斗出属于我们青年的光荣岁月。

关爱耄耋老人　逐梦美好时代

四川大学历史文化学院　高志明
四川大学计算机学院　刘昊松

夕阳纵然是无限美好，只是失去了霞云的陪伴，它便是孤独的黄昏。
老人即使是精神矍铄，但若无人以真心去关爱，他们便患孤寡忧愁。
用我们的青春陪伴垂老的岁月，争做时代新人，逐梦美好生活。

——笔者题

时光流转，步履不停，曾经牙牙学语的孩童，已变成风华正茂的学子，在意气飞扬的岁月间书写着青春的华彩。用符号的翻飞建构思维的伟大，那是属于理科生的严谨；以机器的碰撞敲响未来的洪音，那是属于工科生的匠心；携仪器之运用奏鸣生命的赞歌，那是属于医学生的情怀；引千古之风采勾勒世界的无限，那是属于文科生的浪漫。

然而，这就是我们青年唯一的人生选择吗？习总书记曾指出，"好儿女志在四方，有志者奋斗无悔。"希望越来越多的青年人到基层和人民中去建功立业，让青春之花绽放在祖国最需要的地方。我们大学生不是只能在书本和实验之中才能建功立业，我们更要贴近社会、贴近生活、贴近老人，正所谓"老吾老以及人之老"，我们应真诚地去关注老年人，这不仅利于他们的身心健康，而且可以学习他们丰富的人生阅历，书写我们自己别样精彩的人生，争做一个逐梦的时代新人。

那我们大学生应该怎样关爱老人呢？

资金援助？我们大学生很少有足够的钱去为老人进行硬件上的补充，这已经超出了我们的经济水平。

看望拜访？现今简简单单的握手合照似乎已经成为作秀和虚假的志愿服务证明。

表演活动？文艺体育表演经常能为老人们带来乐趣，但是老人们却常常是被动的一方，很难和我们学生达成双向的互动。

那口述访谈呢？以我在四川大学寒假社会实践中对老人进行口述访谈的经历为例，我觉得这既能培养大学生的沟通能力，也能让老人和学生双向地互动交流，更能不忘过去的艰辛，逐梦新时代的美好。

沈阳的冬天格外冷，2535.4公里的距离让爷爷奶奶很久没有见到我了。在大一的时候，我回家都是和高中的同学去聊天玩耍，浑浑噩噩的一个多月很快就结束了。但是在上个暑假临走的时候，爸爸妈妈说："你小子，整天就知道出去玩，也不和爸爸妈妈多交流，爷爷奶奶那里也不去看看，他们可想你了！"我的心猛地颤抖了一下，我忘记了小时候最关爱我的爷爷奶奶了。进入初中以后，我和爷爷奶奶就不再住在一起了，我开始不停地学习，考上了沈阳当地知名的高中，后来又顺利考上了四川大学，但是我和爷爷奶奶也越来越疏离了。

"树欲静而风不止，子欲养而亲不待"。我担心这会成为我永远的遗憾，毕竟夕阳总有完全日落西山的日子，更何况对于人类而言，我们可能会在突然的情况下就失去了他们，后悔莫及。因此，在寒假我首先便去了爷爷奶奶家与他们做了口述访谈。当爷爷见到久违的我时，欣喜不已，赶紧让奶奶去菜市场买肉买菜，帮我脱去羽绒服挂在衣架上。当我告诉他们，我想和他们进行口述访谈，就是聊聊天，聊聊他们的过去时，他们先是很困惑，我猜这是因为在以前老人们都是想方设法地靠近我们的时代、我们的话题，但现在这应该改变了，我们应该主动去聆听那过去的光阴，不忘过去，方见将来。但是当我们真正开始口述访谈后，爷爷奶奶激情四射的讲述让我难以忘怀，此刻我第一次感受到心与心交流的温度，是那样的炽热，那样的美妙。因此，我和爷爷奶奶的口述访谈的成功让我下定决心，继续走向社会上的老人们，去养老社区开展我的口述访谈。

我们总是说着"为社会主义事业奉献自己的一份力"，但是我们真的做到奉献社会了吗？还是说其实我们一直在被社会所滋养和培育，这显然距离我们成为时代新人有很大的差距。

当我走进养老社区时，看见老人们三三两两地坐在院子里，今天的气温并不低，久违的阳光更是给我的口述访谈提供了和煦的氛围。当我和老人们说明来意后，他们很开心，仿佛心里有很多的话想向我诉说，我很是期待。事实也证明，我的感觉是对的。

他们热情地你一言我一语地讲述过去的艰辛生活，他们一步一步的奋斗历程让我这个当代的大学生很是惭愧。正如汪爷爷和我讲述的"农业学大寨"精神，尽管生产水平落后且出现急躁的风气，但在大家心中仍然有一种信仰与精神，这是我们当代大学生欠缺的。

在当时，他们艰苦的农业生产活动与现在无法相比，新时代的农业现代化已经节省了很多体力，学习也同样成为唯一的出路。

李爷爷说："我给你说哈，我记忆最深，为啥我发誓要读书。都割麦嘞，谁给你帮忙，是用镰割麦，那会儿没有机械化，那会儿地里面有几头牛都分啦，开始割麦。那会儿我跟俺弟弟俺妹妹小，白天割，割罢之后晌午头上，热得很啊，割罢以后不能拉，因为啥，一拉焦。得等着下了凉，有了露水以后，夜里，再拉走。厂里边去，搁到这，等下凉以后，晚上才能把麦往回捡。当时驾车子，俺弟弟、俺妹妹都叫过去了。两个人驾住把。你在行嘞挑嘞麦，它不歪，不在行嘞，弄不好，一不能均衡，就撒一身。我压着把，到拉的时候，有扶驾车子嘞，还有拉袢子（意指架子车扶手旁又安装一个带子，方便另一个人拉）。就剩我自己啦，俺爹说嘞，他俩都睡着了，你驾好啊，都睡着了，就没法……（众人：哈哈哈哈）还得有人，还上去一个，得招呼着。好啦，我驾住，俺爹、俺妈开始往上整，好不容易一架车子这不是装满了吗？得用这个绳，后边，往前一弄，扑通，一车子麦，整个倒过来，翻出来。你不知道叫俺爹恼嘞，哈哈哈。"

此后，老人们事无巨细地与我诉说。他们毫不吝啬他们的时间、精力，而我们又为何总喜欢逃避与老人们的沟通交流？老人们并不可怕，他们是慈祥而又博学的，他们可能不懂得数理化，但是他们懂得生活、懂得生产、懂得社会。我们不能被"碰瓷门"

"让座门"所惧惮，那只是个例，不要让所有的老人去背上这口黑锅。不仅如此，在口述访谈的过程中，平时在书本上学的那些知识显然已经让我很难听懂，我现在愈发地明白为什么习总书记总是提倡我们深入基层地去学习，想必这就是意义所在。

岁月的沟壑早已爬上老人们的脸上，但他们的思想和经历也是沟壑纵横的。老龄化现象严重的今天，我们不能让老人们孤寡忧愁，我们要主动与他们进行心与心的双向交流，同时了解他们过去的艰辛生活。让我们争做时代新人，逐梦美好生活吧。

你若只懂得数学符号和实验原理，你永远只能做个算术好的庸民；
你若只会构想你自己的幻想世界，你永远只能做个二流的艺术家；
你若只圈在书房里读什么圣贤书，你永远是空谈大道理的理论家。

你若不清楚过去的艰辛岁月，怎会懂得珍惜新时代的美好生活？
你若只活在当下而不念过往，怎能更好地建设现在、看到未来？

老人，是需要关爱的；
过去，是需要回忆的；
现在，是需要行动的；
将来，是需要奋斗的！